뺨에 묻은 보석

뼘에 묻은 보석

읽고 쓰고 떠나다

박형서 산문

마음산책

뺨에 묻은 보석

읽고 쓰고 떠나다

1판 1쇄 인쇄 2021년 6월 5일
1판 1쇄 발행 2021년 6월 10일

지은이 | 박형서
펴낸이 | 정은숙
펴낸곳 | 마음산책

편집 | 권한라 · 성혜현 · 김수경 · 이복규 디자인 | 최정윤 · 오세라
마케팅 | 권혁준 · 김종민 · 김은비 경영지원 | 박지혜

등록 | 2000년 7월 28일(제13-653호)
주소 | (우 04043) 서울시 마포구 잔다리로 3안길 20
전화 | 대표 362-1452 편집 362-1451 팩스 | 362-1455
홈페이지 | www.maumsan.com
블로그 | blog.naver.com/maumsanchaek
트위터 | twitter.com/maumsanchaek
페이스북 | facebook.com/maumsan
인스타그램 | instagram.com/maumsanchaek
전자우편 | maum@maumsan.com

ISBN 978-89-6090-677-8 03810

* 책값은 뒤표지에 있습니다.

이것은 우리 세계를 모사하는 이야기가 아니다.
우리 세계를 품고 있는 이야기다.

착하게 살자

첫 산문집이다. 등단 이후 무려 20여 년의 시간이 여기 한 권에 담겨 있는 셈이다. 제목인 '뺨에 묻은 보석'은 본문의 한 대목에서 가져온 것으로 '지금 당장 나와 가장 가깝고 소중한 누군가(무언가)'를 뜻한다. 해당 글에서는 그 보석을 무심코 외면한 채 어디론가 떠나며 진짜 삶이 시작된다고 썼지만, 모두 알다시피 떠난 풍경에는 늘 딱지처럼 후회가 내려앉는다. 나는 후회가 일종의 성장통 같은 거라 믿는다. 후회 없이는 삶도 없다.

이번 산문집을 꾸리는 동안 적잖이 후회했다.

소설의 화자는 실제 작가와 생판 다른 존재다. 메타픽션 같은 자기반영적 소설이 예외이긴 하나, 작가가 실명을 달고 등장하는 그러한 경우에조차 소설의 화자는 일부 왜곡 또는 편집된 허구로 보아야 한다. 발표한 소설 탓에 그 작가 성질 참 고약하다고 욕먹을 일은 없는 것이다. 소설가로서 나는 그와 같은 사정을 매우 다행스레 생각해왔다. 어두운 벽장에 숨어 한평생 맘 편히 살 계획이었다. 그런데 여기 실린 짧은 글들은 소설과 달리 지나치게 날것이다. 문장마다 인간 박형서의 편견과 방황과 괴벽과 집착을 고스란히 드러내 보이고 있다. 몇 군데 모자이크 처리를 하고 싶은 마음이 굴뚝같았으나, 그랬다가는 의협심 드높은 편집자가 나를 물어뜯을 기세였다. 심지어 본문에서 무심코 언급한 내 나이를 지적하며 이거 좀 깎은 거 아니냐, 어디서 수작을 부리느냐 하고 두 번이나 교정지에 적어 보냈다.

내가 그냥 평소에 착하게 살 걸 그랬다.

2021년 6월

박형서

차 례

1

망망대해 어느 작은 섬

2

미안하지만 부탁이 있어요

3

늪을 건너서

4

모든 치열한 것은 조금 어렵다

1

망망대해
어느 작은 섬

첫 소설

그해 여름의 일이었다. 나는 대학생도 되었고 해서 마지막 가출을 단행했다. 귀가 종잇장처럼 얇은 친구가 냅다 따라나섰다. 우리의 원래 목적지는 대전이었지만 가만있자, 그러니까 이 열차 종착역이 부산이로구나. 대전이나 부산이나 연고가 없는 건 마찬가지. 생각이 좀 바뀐 우리는 그대로 부산까지 타고 갔다. 생각해보면 우리 둘 다 젊다기보다 어렸다. 도착하자마자 검표원에게 운임의 차액만큼 맞았는데, 타지에서 한 번쯤 두들겨 맞는 건 원래 신고식 같은 거라고 들은 적 있다. 우리에게는 꿈이 있었고, 그래서 너그러웠다.

그렇다. 우리에게는 큰 꿈이 있었다. 우리는 돈을 좀 만져볼 계획이었다. 일단 막노동으로 한밑천 잡으면, 청결한 부산 숙소도 구하고 여유가 나는 대로 부산 맛집도 다니고 가끔은 기세등등하게 부산 소주도 마실 참이었다. 그러고도 돈이 남아돌면 노후 자금으로 은행에 쌓아두느니 차라리 유럽 여행을 다니며 견문이나 넓힐 작정이었다. 변명하자면, 친구와 나는 둘 다 문과생이라 돈이나 숫자에 약했다. 문과지만 사람과 세상 돌아가는 이치에도 약했다. 이튿날부터 나란히 거리에서 잤다.

꼬박 나흘 동안 우리는 눈에 띄는 공사장마다 들어가 일감을 구걸했다. 그리고 나흘이 되던 날 새벽에 자갈치시장 건너편 소규모 상가 건축 현장에서 운 좋게 삽질을 할 수 있었다. 드디어 계획대로 풀리기 시작했다는 기쁨도 잠시, 머릿속이 순식간에 컴컴해졌다. 나는 태어나서 그렇게 힘든 일을 해본 적이 없었다. 그렇게 힘든 일이 있을 거라고 상상해본 적도 없었다. 삽은 자꾸 손에서 미끄러졌고, 허리가 어찌나 쑤시는지 나중에는 똑바로 펴는 게 겁이 날 정도였다. 게다가 우리는 전날 식빵 하나를 나눠 먹었을 뿐이었다. 체격이 좋은 친구가 나보다 조금 더 먹었다.

어쨌든 너무 늦기 전에 일을 마쳤다. 각자의 수중에 2만 원씩, 총 4만 원이 들어왔다. 우리는 누가 흘린 헝겊 인형처럼 두 팔을 늘어뜨린 채 부산역으로 가 서울행 기차표를 끊었다. 그리고 남은 돈으로 소주랑 라면을 한 아름 사서 어둑어둑해지는 광장 구석 계단에 앉아 먹었다. 나는 부산에서의 그 마지막 만찬을 생생하게 기억한다. 내 친구가 갑자기 큰 소리로 울었고, 그걸 신호로 호기심 많은 비둘기와 유시민 닮은 부랑자들이 주위에 몰려들었기 때문이다. 그 후로 친구는 술만 마시면 우는 버릇이 생겼다.

기차에서 친구는 금방 잠이 들었다. 하지만 나는 녹초가 되어 있었음에도 편히 잘 수 없었다. 굉장한 실패를 겪고 난 탓이었다. 졸려서 고개가 숙어질 때마다 깜짝 놀라 깨어나곤 했다. 결국 자는 걸 포기하고는 앞에 꽂혀 있던 철도청 기관지를 꺼내 하릴없이 뒤적거렸다. 앞쪽에 당시 내가 '짧은 우스갯소리'로 알고 있던 콩트가 실려 있었다. 꽤 유명한 소설가의 작품이었다. 짧았기 때문에 금세 읽었다. 나는 자는 친구를 깨웠다. 어이, 이거 읽어봐.

"이거 읽어봐. 얼마나 개판으로 썼는지 한번 읽어봐."

그건 이야기라 할 수 없었다. 그저 문장들의 물리적 조합에 불과했다. 진급을 앞둔 회사원이 여러 가지 불길한 징조를 느끼다가 결국 물을 먹는다는 내용인데 도대체 긴장이랄 것도, 반전이랄 것도 없었다. 그런 걸 사람 읽으라고 쓰는 작가나 실어주는 잡지나 이해가 안 되긴 마찬가지였다. 그 콩트는 그날 임자를 잘못 만났다. 평소였다면 읽지 않거나 읽더라도 그냥 잊어버렸겠지만, 하필 당시의 나는 노숙 생활에서 쌓인 피로와 무단가출한 죄로 아버지한테 얻어맞을 걱정, 그리고 그 모든 것을 합친 것보다 격렬한 패배감에 신경이 몹시 곤두선 상태였던 것이다. 흉보고 물어뜯을 대상이 필요했다.

나는 친구가 화끈하게 맞장구쳐주길 기대했다. 걔가 원래 그런 친구였다. 내가 자유와 평등을 욕해도 맞장구쳐주는 훌륭한 친구였다. 하지만 그는 내가 꾀는 방향으로 설레설레 따라갔다가는 어떤 험한 꼴을 당하는지 이미 깨달은 몸이었다. 친구는 눈도 안 뜨고 내게 쏘아붙였다. 이 등신아.

"이 등신아, 그럼 네가 써보든가."

예상대로 아버지에게 신나게 두들겨 맞은 후, 피도 닦지 않고 방으로 들어가 내리 이틀을 죽은 듯이 잤다. 그리고 이틀이 지난 저녁에 가슴이 두근거리는 걸 주체할 수 없어 일어났다. 책상에 앉았다. 부산역 광장, 친한 대학 선배이자 진정한 술주정뱅이인 윤철 형, 아직 밝아본 적도 없는데 벌써 어두워져가는 내 날들, 돈을 신발 밑창에 숨기고 모임에 오는 망나니 친구들, 몹시도 덜컹거렸던 통일호 기차, 이러한 것들이 머리에서 조금씩 관계를 맺어갔다. 나는 그걸 짧게, 짧게 받아 적었다.

새벽부터 그 편린들을 이른바 소설처럼 보이도록 이어나가기 시작했다. 작업은 놀라우리만치 빠르게 진행되었다. 아침에 어머니가 살았나 죽었나 보러 오셨을 때는 이미 퇴고도 끝나가고 있었다. 나는 그 소설에 「윤철의 사랑」이라는 겸손한 제목을 달았다.

줄거리는 대략 이렇다. 한 사내가 우연히 행운을 거머쥐었으나 그만 날려버릴 처지에 몰린다. 무척 괴로워하지만, 곧 아쉬움을 털어내고 자신의 지난 삶을 반성한다. 행운에 기대었던 삶, 떳떳지 못했던 과거를 후회하고 새롭게 출발하기로 다짐한다. 그런데 다짐한 직후, 날려버린 줄 알았던 행운이 아직 자기 손에 있는 걸 발견한다.

줄거리를 소개하면서 막 깨달았는데, 내 명예를 위해 절대로 공개하면 안 되는 소설이다.

하지만 나는 「윤철의 사랑」을 변호하고 싶다. 물론 그건 유치하고 촌스런 소설이었다. 전개가 너무 작위적이고 문장 역시 엉망이었다. 시점에 대한 이해가 떨어지고 서술자의 감정 또한 통제되지 않았다. 요즘 내 학생이 수업 시간에 그런 글을 들고 왔다면 박살 냈을 것이다. 하지만, 그래도 저 철도청 기관지에 수록되어 있던 저질 콩드보다는 두 배쯤 나았다.

그날 이후로 뭔가에 홀린 듯 명작 소설들을 찾아 읽기 시작했다. 매일매일 감탄했다. 어떤 인물은 눈앞에 있는 듯 생생하게 살아 움직였고, 어떤 문장은 목이 멜 정도로 아름다웠다. 또 어떤 플롯은 지구인의 생각이라고 믿어지지 않을 만큼 기발했다. 나도 이런 소설을 쓸 수 있을까? 이십 대 내내, 차곡차곡 쌓이는 습작의 편수만큼 자문해보았다.

그 몇 년 후 모 잡지를 통해 등단함으로써 나는 소설가가 되었다. 그리고 이제는 어느 정도 체화된 순서를 밟아 한 편, 한 편 소설을 써나가고 있다.

그간 누구에게도 하지 않은 이야기다. 어쩐지 창피하기 때문이다. 나라고 왜 한국문학의 도약이라든가 인간 본성의 새로운 발견 같은 대의야말로 내가 작가의 길을 걷게 된 계기라며 기염을 토하고 싶지 않겠는가. 그런데 사실이 아니라서 그렇게 말할 수 없다. 그럴 땐 차라리 입을 다무는 게 존엄을 지키는 길이다. 남들보다 멋질 수는 없어도 최소한 남들 틈에 숨을 정도는 되어야 하지 않겠는가. 거지꼴로 자갈치시장을 기웃거리던 여름은 지나갔고, 이제 내 몸에는 그때와 동일한 세포가 한 톨도 없다. 가만히 묻어두어도 누가 뭐라 하지 않을 것이다. 볼 때마다 당시의 새까만 어둠이 떠오르는 게 하도 지긋지긋해서 함께 고생했던 친구와도 일찌감치 절교했다. 서로를 위한 최선의 결정이었다.

하지만 가끔은 이런 생각을 한다. 어쩌다 읽은 이야기 한 편에 뚜껑이 열리며 반발처럼 튀어나온 창작의 충동은 내가 그 작가의 후배로 등단함으로써, 글쓰기의 어려움을 조금씩 알아가면서, 내 소설이 아무튼 전보다 나아짐으로써 사라지는 걸까?

그렇지 않은 것 같다.

등신아 그럼 네가 써보든가, 하던 친구의 조소 가득한 목소리와 그 며칠 후 새벽에 느꼈던 창작 입문의 주술적 감각은 아직 내 손끝에서 사라지지 않았다. 소설 쓰는 행위가 끝나지 않있는데, 그 동기며 애초의 욕망이 어떻게 사라질 수 있을까.

그해 여름에 나는 소설이란 이래선 안 된다고 믿었다. 소설이 뭔지 하나도 몰랐던 주제에, 아무튼 소설은 절대로 이러면 안 된다고 생각했다. 그런 내 분통을 달래기 위해 생애 첫 소설을 휘갈겨 썼다. 오랜 시간이 지난 아직까지도 매번 소설을 끝내고 나면 눈에 핏발이 서고, 이제 그만 화해하고 싶은 마음까지 드는 건 그런 까닭이다.

나는 퍽 시시한 동기로 소설에 발을 들인 셈이다. 「윤철의 사랑」이라는 괴작이 내 소설의 출발점, 작가 인생의 시작이었으니 말이다. 잊지 않았다. 그렇게 시작된 여정에서 무슨 도시를 지나왔고 또 어떤 국경에 잠시 마음을 빼앗겼는지도 나는 기억하고 있다. 그럴 수밖에 없는 것이, 이제껏 발표한 수십여 편의 소설 각각마다 적어도 석 달 이상의 내 삶이 빼곡하게 들어차 있기 때문이다. 하지만 어쨌든 그간 꽤 많은 역驛을 겪어온 터라 몇몇 후미진 산천의 인상 정도는 문득 흐릿해질 때가 있다. 더러는 내가 지금 어디에 있으며 어디로 가는 중인지 깜빡 헷갈릴 경우도 있다.

그럴 때마다 노르스름한 식빵 마지막 한 조각을 가마우지마냥 꿀꺽 삼키던 친구 얼굴을 떠올려본다. 그러면 무작정 소설 쓰기에 덤벼들 만큼 기성 문단에 대한 분노를 충전하던 저 뜨거웠던 계절이 마술처럼 눈앞에 피어오른다.

상처와 위로의 예술

어렸을 때부터 오르페우스 신화가 제일 좋았다.

'어둠' 혹은 '고아'와 같은 어원을 갖고 있는 오르페우스는 뮤즈의 우두머리이자 예술의 여신인 어머니 칼리오페로부터 시와 노래를, 음악의 신인 아버지 아폴론으로부터 리라를 배웠다. 실력이 어찌나 대단했던지 손가락 몇 번 튕기면 폭풍이 잠들고 나뭇가지가 휘어지고 바위가 부드러워지며 괴물도 유순해졌다 한다. 오르페우스가 폭풍과 나무와 바윗덩어리와 괴물을 청중으로 앉히고 멋들어지게 리라를 연주하는 장면은—도대체 집중이 되셨을지 모르겠다만—북유럽 화가들의 단골 소재였다. 나는 당시 매우 조숙하여 돈이나 싸움질 따위의 실용적인 능력이 아니라 오르페우스의 초자연적인 능력에 훨씬 큰 매력을 느꼈다. 하긴 삼라만상을 뜻대로 움직인다니, 미국 재무부를 통째로 인출하거나 미운 이웃나라를 지구 반대편으로 귀양 보내는 건 일도 아니었을 것이다.

머리가 굵어지면서는 신화의 가장 유명한 대목에 마음이 끌렸다. 오르페우스의 아내인 에우리디케는 어느 날 뱀에게 물려 죽었다. 죽을 뻔한 것도, 죽어가는 것도 아니었다. 뭔가 수를 써 볼 틈 없이 끝난 것이다. 그럼 이제 어쩌지? 나라면 에덴에 있는 그놈까지 포함해 세상의 모든 뱀을 붙잡아 잘근잘근 씹어 먹었을지 모른다. 그러나 오르페우스는 그렇게 못 배운 사람이 아니었다. 이별을 받아들이거나 난동을 부리는 대신 서사 역사상 최고로 낭만적인 여정, 즉 아내를 되살리기 위한 저승 탐사에 나선 것이다. 스틱스 강의 뱃사공 카론, 머리가 셋인 데다 전부 입마개도 안 한 괴물 개 케르베로스, 심지어는 저승의 왕 하데스와 왕비 페르세포네까지 앉혀놓고는 감동적인 리라 공연으로 구워삶았다. 그 대가로 마침내 아내와 함께 귀가하도록 허락을 받았으니, 과연 지극한 사랑은 못 하는 게 없는 모양이다.

얼떨결에 작가가 되고 나자 슬슬 오르페우스 신화의 다른 장면이 눈에 박히기 시작했다. 리라를 든 오르페우스는 망치를 든 토르보다 상급의 영웅이지만 가엾게도 허술한 구석이 있었다. 하데스와 페르세포네 부부는 에우리디케를 무료로 내주며 오르페우스에게 딱 한 가지 주의 사항을 일러주었다. 지상에 도달하기 전까지는 절대로 아내를 돌아보지 말 것. 이제껏 헤치고 온 가시밭길에 비하면 너무나 쉽고 간단한 조건일 것이다. 하지만 저 멀리 한 줄기 태양 빛이 눈에 들어오자 오르페우스는 염병할 애틋함에 그만 에우리디케를 돌아보고 말았다. '색시야 나 멋지지?' 하고 으스대려는 찰나, 아내는 희뿌연 안개의 정령으로 변해 저승으로 스며들었다. 그걸로 끝이었다. 이제는 리라가 아니라 오케스트라가 와도 되돌릴 수 없게 되었다. 그러나 누가 오르페우스를 비난할 것인가? 우리는 본디 자꾸만 뒤를 돌아보도록 설계된 존재들이다. 고향의 안부를 걱정한 롯의 아내와 지옥까지 쳐들어간 오르페우스는 인간인 탓에 처음부터 소금 기둥과 홀아비가 될 운명이었다.

이제 '늙음'이라는 단어가 별로 낯설지 않게 된 나는 가만히 오르페우스의 죽음을 들여다본다. 깊은 실의에 잠긴 그는 아내와의 추억만을 끝없이 반추했다. 한때 오르페우스는 디오니소스를 찬미하는 주연의 상석에 앉아 술독에 빠진 트라키아 여인들과 질척하게 어울렸던 인기 만점 한량이었다. 그러나 아내 에우리디케를 잃어버린 오르페우스에게는 세상 모든 여자가 혐오스럽게 느껴질 뿐이었다. 좋다고 쫓아다니는 여자들을 전부 마다하고 동성애에 열중했다. 그러자 사모했던 마음이 증오로 변한 트라키아 여인들은 오르페우스에게 다가가 지금 우리 무시하는 거냐며 시비를 걸었다. 그리고 잔인하게 죽였다. 광우병 걸린 소고기를 먹이거나 계단에서 슬쩍 민 정도가 아니었다. 구운 오징어 찢듯 사지를 찢어 죽였다. 찢기 곤란한 머리통은 리라에 처박아 헤브로스 강에 던졌다. 그 지경이 되어서도 청승맞은 머리통은 미성으로 노래를 부르고 리라는 소름 끼치도록 아름다운 선율을…… 이봐 오르페우스, 그건 좀.

강물을 타고 바다로 흘러간 오르페우스의 리라와 머리통 콤

보는 멀리 떨어진 레스보스 섬에서 발견되었다. 이 장면으로써 오르페우스에게 내려진 운명의 참혹함은 정점을 찍는다. 아내와의 돌연한 이별, 성공을 목전에 두고 저지른 치명적인 실수, 갈기갈기 찢긴 육신—이 셋 중에서 무엇이 제일 아팠을까. 물론 바보 같은 질문이다. 누구나 그 답을 알고 있다. 마음씨 고운 레스보스 주민들은 오르페우스를 가엾이 여겨 제대로 장례를 치르고 무덤도 만들어주었다. 그 후로 레스보스에서는 빼어난 시인들이 많이 태어났다고 한다.

그렇게 나는 신비한 능력에 푹 빠졌던 시기를 넘어 경이로운 낭만에 매혹되었던 시절을 지나 인간적 실수에 주목한 날들을 거쳐 마침내 좌절과 슬픔과 위로야말로 오르페우스 신화의 핵심이라 간주하는 지점에 이르렀다. 문학이란 어떤 식으로든 인간의 가장 아픈 영토를 맴돌 수밖에 없다. 부자 노인과 가난한 청년 간의 추문을 접할 때 법학자는 귀책사유를 밝히고 경제학자는 대가의 흐름을 분석하겠지만 우리 작가들은 노인의 바닥모를 외로움과 청년의 지긋지긋한 가난에 주목하기 마련이다. 사실관계와 시시비비는 작가의 몫이 아니다. 문학은 '네 과오가 51퍼센트다' 하는 설명 혹은 대답의 양식이 아니라 '너 얼마나 아프니' 하는 질문의 양식이다.

이 우연한 세상에서 우리는 이별과 죽음이라는 필연의 상처를 껴안고 살아간다. 문학은 단정한 로봇이 아니라 떠밀리고 비틀대고 쓰러지는 인간을 다룬다. 문학은 피투성이 거지꼴로 흘러 들어온 누군가의 찢긴 영혼을 토닥토닥 위로하는 망망대해 어느 작은 섬에서 시작된다.

글쓰기의 스승

대학 시절의 일이다.

졸업반이 되어서야 비로소 진짜 소설가에게 배울 기회가 생겼다. 하지만 정작 수업을 들어보니 창작이 아니라 이른바 소설론에 관한, 좀 딱딱하고 재미없는 강의였다. 소설 창작을 희망하는 학생이 거의 없었기에 그러셨지 않았나 싶다. 대신에, 선생님께서는 만약 원하는 학생이 있다면 따로 시간을 내어 읽어주겠다고 하셨다. 그나마 다행이었다.

조마조마한 마음으로 일주일을 기다렸다. 수업이 끝난 뒤 선생님께서 복도로 부르시더니, 수십 군데 밑줄이 그어진 원고를 돌려주며 여러 말씀을 해주셨다. 학생들이 시끄럽게 지나다니는 복도, 듣는 사람은 나뿐이었지만 생애 최초로 경험한 전문적 논평이었다.

나는 신이 나서 학기를 마칠 때까지 선생님을 달달 볶았다. 선생님께서는 각 소설에 대해 때론 칭찬과 격려를, 때론 보다 나은 대안을 제시해주셨다. 한번은 소설 초반에 등장하는 뭉게구름을 지적하며 이렇게 물어보셨다.

"이 뭉게구름은 어떤 의미가 있는 건가요?"

예상 못한 질문이라 더듬거리면서, 그냥, 맑고 푸근한 하늘을 의미하는 거라고 대답했다.

"그러면 안 돼요." 선생님이 말씀하셨다. "사소한 묘사 하나라도 전체 내용과 긴밀히 연결되어야 해요. 없어도 무방한 문장이 소설 안에 들어가는 걸 허락하지 마세요."

한양대 현길언 선생님의 그 말씀을 듣고 나자, 그 말씀을 듣기 전으로 돌아갈 수가 없었다.

천성이 게으른 편이라 등산을 좋아하지 않는다. 그런데도 왜 내가 사는 주위에는 항상 산이 득실거리는지 이유를 모르겠다.

어느 날 나는 반강제로 아버지와 산에 올랐다. 신춘문예를 준비하던 터라 글쓰기에 대한 얘기가 오가던 중, 아버지께서 물어오셨다.

"감옥에 10년 있었던 사람이랑 감옥에 대해 10년 동안 조사한 사람, 둘 중에서 누가 감옥을 더 잘 묘사할 수 있을 것 같니?"

함정이다, 하고 나는 생각했다. 좋은 묘사란 생동감이 있어야 하니, 당연히 직접 체험한 사람이 더 낫지 않겠는가? 하지만 그렇게 쉬운 질문을 던질 정도로 너그러운 분이 아니다. 어차피 확률은 반반. 가지 않고 조사한 사람이요, 하고 일단 대답하고 나서는 이유를 물어올까봐 머리를 막 굴렸다.

"그래." 아버지가 말씀하셨다. "전자는 자기 경험에 얽매이기 쉬워서, 그걸 맹신한 나머지 배타적으로 사고할 수가 있거든. 자기가 아는 게 전부라고 믿는 거야. 압도적인 체험 자체보다는 오히려 상상이 깃들 정도의 탐색이 유용할 때가 많단다."

안고 있던 숙제 하나가 풀리는 기분이었다.

고려대에서 만난 김명인 선생님은 짓궂은 시인이다. 시 창작 수업에서 내가 쓴 시를 합평할 때, 책상을 탁탁 쳐 박자를 맞추며 변사 흉내를 내셨다. 나름 고심해 쓴 문장인데 그렇게 신파조로 읽는 걸 들으니 아닌 게 아니라 정말 신파로 느껴졌다.

그날 저녁 여러 학생들과 식사를 마치고 나서, 차로 모셔다 드리겠다는 누군가의 제의를 거절하며 숙소까지 걷겠다고 하셨다. 덕분에 조교인 나도 함께 걸어야 했다. 얼마쯤 걸었을까, 선생님이 뜬금없이 물으셨다.

"멋지게 쓰면 다 될 것 같지?"

밤이라 달아오른 얼굴을 감출 수 있어 다행이었다. 19년 전인가 아니면 그 일이 20년 전인가? 망신의 아픔은 상찬의 기쁨보다 오래간다. 또 그만큼 길게 도움이 된다.

글에서 상투성이란 치명적이다. 그리고 상투성은 진정성의 결여에서 오는 경우가 많다. 그 당시 내 글의 전반적인 문제가 바로 그것이었다.

그날 이후로 나는 내 글이 상투적이지 않은지 늘 고민한다.

확신이 서지 않을 때는, 선생님이 하셨던 대로 책상을 탁탁 치며 변사처럼 읽어본다. 그래도 낯 뜨겁게 들리지 않는다면 일단은 통과다. 내가 꼭 하고 싶은 말이 있을 때, 그 말을 요리조리 포장하지 않고 곧장 내지를 때, 내가 쓴 글이 나 자신을 향해 맹수처럼 덤벼들 때, 그 글은 저절로 멋져질 것이다.

재미있는 건, 김명인 선생님이 나를 학대한 그 방식 그대로를 요즘 내가 흉내 낸다는 점이다. 그러할 때 제자들의 얼굴이 붉어지는 걸 보면 꽤 즐겁다.

복선은 골치 아픈 존재다. 어설프게 깔았다가는 결말이 빤히 보이고, 그렇다고 너무 깊이 숨겼다가는 생뚱맞은 결말이 나온다.

어느 정도로 해야 할 것인가? 이 질문은 자신의 독자를 선택하는 것과 같다. 복선의 수준을 올리면 상대적으로 저연령층, 저학력층의 독자는 포기해야 한다. 수준을 낮추면 고급 독자에게서 비웃음을 산다. 예술성과 소통성의 오묘한 줄다리기인 것이다. 복선과 키워드가 발견되지 않아도 나름대로 좋은 이야기, 그러나 발견되면 더 좋은 이야기가 바로 뛰어난 소설이라 믿는 건 순진한 생각이다. 들키지 않았다면 그건 실패한 복선에 불과하다.

고려대의 소설가 서종택 선생님께서 자주 하신 말씀이 있다.

"꽁꽁 숨겨라, 하지만 반드시 들키게 만들어라."

이 말씀은 본디 복선이 아니라 글의 의도에 관한 것이다. 하지만 복선에 적용해도 여전히 유효하다. 복선이란 이야기의 전개 방향을 논리적으로 보충하는 핵심 단서이며, 이야기가 전개되는 방향은 결국 집필 의도를 고스란히 반영할 수밖에 없기 때문이다.

물론 쉬운 일은 아니다. 사건의 얼개와 세부 삽화들을 앞에 늘어놓고 차례와 우선순위를 한참 짤 때는 고려해야 할 너무 많은 조건들로 뇌에 과부하가 걸린 나머지 은하수를 날아다니기 일쑤다. 그러다 소설이란 참으로 망할 놈이 아닐 수 없다고 분통을 터뜨릴 때면, 타이레놀 한 알 먹듯이 서종택 선생님의 말씀을 되새겨본다. 꽁꽁 숨겨라, 하지만 반드시 들키게 만들어라.

마음이 편해진다. 이런 간단명료한 경구는 어느 날 뚝딱 만들어지는 게 아니다.

돌이켜보면 내게 글쓰기를 가르쳐주신 스승이 어디 이분들만이겠는가? 한 외로운 고아의 글에도 헤아릴 수 없이 많은 영혼들의 가르침이 친밀하게 중첩되어 있는 법이다. 다만 내 글쓰기의 스승을 생각하다보니 이분들 말씀이 먼저 떠올랐을 뿐이다.

내 얼굴이 삭은 이유

텔레비전을 보자 하니 명문대 박사과정을 밟고 있는 청년이 출연해 실은 소설을 쓰고 싶다고 말한다. 풍채가 임금님 같은 사람이 조언하길, 소설가는 나이와 상관이 없으니 일단 접어두고 박사학위부터 먼저 따라고.

말처럼 쉬우면 얼마나 좋을까.

논문과 소설은 글의 종류가 다르다. 연구논문은 사전적으로 일대일 대응하는 지시어를 사용해야 한다. 반면에 소설은 풍부한 해석이 발생할 수 있도록 다의적이고 감성적인 상징어를 수로 사용한다. 문맥에 따라 상황에 따라 두 언어는 매우 다르게 작동한다.

여기 실연으로 괴로워하는 남자가 있다고 치자. 하루는 동네 깡패에게 까불다가 두들겨 맞았는데, 마침 그의 사정을 아는 의사가 근처에 살고 있었다. 집에 데려가 얻어터진 상처를 소독하며 의사가 묻는다. "많이 아파요?"

네, 하고 남자가 슬피 대답한다.

그러자 의사가 말한다.

"곧 괜찮아질 거예요."

만약에 논문이라면 의사는 '환부의 통증이 심해요?' 또는 '아직도 그녀가 떠올라 괴로워요?'라고 정확히 물었을 것이다. 하지만 의사는 그 두 가지를 동시에 물었고, 남자 역시 한꺼번에 대답했으며, 대답에 따른 의사의 반응 또한 둘 모두를 아우른다.

지시어는 의무교육과 사회화 과정을 거치는 동안 충분히 배우고 써먹을 수 있다. 하지만 상징어는 목적의식을 갖고 따로 훈련해야 한다. 게다가 상징어를 제대로 체득하기 전에 지시어에 과하게 집중하면 상징어는 쉽게 망가진다. 한번 망가진 다음에는 어찌 고쳐보기 어렵다.

나는 2006년에 박사학위논문을 강요당하고 있었다. 두 번째 단편소설집을 낸 직후였는데, 책이 꽤 잘 팔렸다. 덕분에 말도 못 하게 고민이 깊었다. '박사논문을 젠장 어떻게 쓰지'가 아니라 '지금 논문을 쓰다가 소설이 개판 되면 어쩌지' 때문이었다.

결국 나는 지도교수님을 피해 외국으로 달아났다. 그리고 3년 뒤 장편소설 초고를 들고 귀국했다. 그간 소설만 팠으니 상징어가 어느 정도 단단해져 있으리라 믿었다. 한국에는 지도교수님이 도끼눈으로 기다리고 계셨다. 주제가 일사천리로 정해져 논문 집필에 돌입했다. 일단 지도교수님은 그리 알고 계셨다. 그분은 내가 한국을 탈출할 때 출판사로부터 미리 계약금 받아먹은 건 모르고 계셨다.

학위논문을 집필하는 틈틈이 계약에 따라 소설 원고도 퇴고해 계절마다 연재했다. 지시어와 상징어를 구분하는 감각이 어느 정도 단단해져 있으니 별 문제 없을 줄 알았다. 그런데 그게 아니었다. 어지러웠다. 논문을 들여다보면 소설이 걱정되었고 소설을 들여다보면 논문이 걱정되었다. 나중에는 논문을 들여다보며 감수성 부족을 걱정했고 소설을 들여다보며 논리의 비약을 걱정했다. 더 나중에는 논문을 고치다 말고 제풀에 감동해 눈물을 흘렸으며 소설을 고치다 말고 자연스레 각주를 달았다. 그보다 더 나중에는 논문과 소설을 양쪽 눈알로 동시에 읽으면서 침을 질질 흘렸다. 그런 혼돈 속에서 나의 지시어와 나의 상징어가 서로를 침탈하여 끝내는 양쪽 모두 이도 저도 아니게 만들 것 같았다. 게다가 예비 발표 등의 논문 일정과 소설 연재 마감일까지 툭하면 겹쳐서 나를 아주 돌아버리게 만들었다.

궁지에 몰려 낸 꾀는 본디 하나인 내 머리통을 둘로 쪼개서 반은 지시어를, 다른 쪽 반은 상징어를 사용하는 것이었다. 이를테면 한쪽 머리로 논문을 반나절 동안 고친다. → 한 시간 이상 푹 잔다. → 일어나 머리통을 바꿔 끼우고 소설을 반나절 동안 고친다. → 다시 한 시간 이상 푹 잔다. → 깨어나 머리통 교체하고 논문을 들여다본다. 이하 하루도 빠짐없이 도돌이표, 5개월 동안 계속 도돌이표.

어느 날 정신을 차려보니 일이 모두 끝나 있었다.

제대로 끝낸 건지는 아직도 잘 모르겠다. 그때 작성한 논문을 읽어보면 묘하게 감상적이고, 그때 발표한 소설을 읽어보면 어딘가 논쟁 중이다. 더불어 그즈음 예감했던 대로 당시의 언어적 정신분열이 내 안에서 그대로 굳어버렸다. 나는 지금도 소설을 쓸 때 정서와 공감보다는 구조와 논리에 집중한다. 가슴이 느끼는 계절이나 기후보다는 계산해낸 숫자와 도표에 근거해 소설을 써나간다. 소설과 논문 양쪽에게서 심하게 까불림을 당했던 보신 경험이 이러한 스타일을 만들어냈다. 나는 이제 영영 돌아갈 수 없게 되었다. 그러니 텔레비전에 나온 임금님 말씀은 잘못된 것이다. 사람이 내키는 대로 논문이든 소설이든 쓸 수 있다면, 왜 유독 2009년에 내 얼굴이 팍 삭았겠는가.

울지 마요, 미스터 앤더슨

1905년의 일이다. 미국 프로야구 세네터스 팀(현 미네소타 트윈스)에 존 앤더슨이라는 선수가 있었다. '명예의 전당'에 곧 등록될 예정이었다고 하니, 실력도 실력이지만 꽤 오랫동안 야구를 해온 듯하다. 뭐든 끈기 있게 해온 사람은 무시할 수가 없다.

그러던 어느 날, 중요한 경기에서 세네터스 팀은 9회 말까지 한 점 차이로 지고 있었다. 투아웃이었는데 우리의 존 앤더슨이 1루에 진루하면서 만루가 되었다. 세네터스 팀 응원석에서는 난리가 났다. 이제 안타 하나면 동점이나 역전이 될 절호의 기회, 타석에는 영웅의 꿈에 부푼 지명타자가 방망이를 쉥쉥 휘두르며 들어섰다. 위기에 처한 상대 팀 투수는 땀을 질질 흘리며 '왜 또 나야' 하고 중얼거렸다.

그런데 그때 이상한 일이 일어났다. 양 팀 선수들이며 감독이며 할 것 없이 모두 긴장하고 있던 그 고요한 순간, 백전노장 존 앤더슨이 갑자기 2루를 향해 후다닥 뛰어 헤드슬라이딩을 해버린 것이다. 다시 한번 말하지만, 투아웃에 만루였다. 2루에도 멀쩡히 주자가 있었다는 얘기다.

끔찍한 정적이 흘렀다. 감독도, 지명타자도, 2루 베이스에 발을 대고 있던 세네터스 팀의 동료 주자도 어리둥절한 표정을 지었다. 심지어는 상대 팀 투수마저 천천히 걸어가 존 앤더슨의 몸에 볼이 든 글러브를 터치하기까지 몇 번이고 망설였다. 심판이 떨리는 목소리로 경기 종료를 선언했다.

존 앤더슨은 쓴웃음을 지으며 일어나 가슴의 흙을 털었다. 터벅터벅 경기장을 빠져나갔다. 존 앤더슨의 인생은 그렇게 끝장이 났다.

대체 무슨 일이 벌어진 걸까? 단서는 저 일화를 적어놓은 내 고등학교 시절의 수첩이 전부다. 거기에는 '1905년 세네터스 팀의 존 앤더슨, 명예의 전당에 헌액 예정, 9회 투아웃에 만루 상황에서 2루로 도루하다' 이렇게만 적혀 있다. 누구한테 들은 건지, 혹은 어디서 보았는지는 잊었다. 저 문장뿐이라면, 일단 앞뒤 정황을 판단할 수 있는 세부적인 정보가 너무 적다.

그러나 이 정도가 좋다. 자세한 사연은 별로 중요하지 않을 뿐더러 오히려 방해가 된다. 쓸데없이 정보가 많아지면 7 대 3 가르마의 모범생과 대화할 때처럼 김이 새버린다. 저 짤막한 문장 하나에 이미 당시의 분위기며 존 앤더슨의 야심찬 생애, 경기를 둘러싼 음모와 모략, 처절한 배신과 저항, 그 후의 굴곡진 삶 같은 게 모두 들어 있으니 이제 그걸 술술 연결해서 설명해내면 끝이다.

길에서 한 여자가 산발을 한 채 곰 인형과 트렁크를 끌고 지나가는 걸 보면, 나는 그녀의 오늘을 안타깝게 설명한다. "방금 전에 동거하던 애인의 집을 뛰쳐나온 거야. 그가 약속을 어기고 지난밤에 또 싸움질을 했기 때문이지. 지난밤 저 여자의 애인은 잔뜩 취한 채 앞니가 부러져서 돌아왔어. 그리고 아무 말도 없이 침대에 누워 잠이 들었어. 그녀는 참을 수가 없었지. 약속을 쉽게 저버리는 남자하고는 도저히 함께할 수 없잖아. 게다가 전의 남자 친구는 알카에다 요원이었고, 관계가 끝났을 때 그녀는 다시는 거친 남자를 사랑하지 않기로 다짐했거든. 하지만 그녀는 남자에게 무슨 일이 있었는지를 몰라. 지난밤 남자는 술자리를 끝내고 집에 돌아오는 길에 그저 전봇대로 이를 쑤셨을 뿐이야. 닭 힘줄이 말라붙어 있는 충무로 3가의 쓰러진 전봇대가 그 증거지."

동물원의 불곰이 주저앉아 손으로 땅바닥을 탁탁 치고 있으면 불곰의 입장이 되어 넋두리한다. "내 이름은 알레한드로, 오늘은 내 아홉 번째 생일이야. 하지만 모두들 내 생일 따위는 잊어버렸어. 탁탁. 그래서 나는 지금 기분이 최악이야. 쑥과 마늘의 시간이라고나 할까? 동물원 재정 상태를 아니까, 모엣 샹동 샴페인까지는 바라지도 않아. 그저 다정한 축하 노래면 돼. 코러스를 넣어 돌림노래로 불러주면 더 기쁘겠지. 내가 너무 많은 걸 원하는 건가? 아니면 내가 곰이라고 무시하는 건가? 탁탁."

굳이 특수한 정보나 장면이 아니어도 상관없다. 예를 들어 삼국지에서 '구척장신'이라는 단어를 봤다고 하자. 나는 구척이 어느 정도의 길이인지 백과사전을 찾아본다. 사전에는 이렇게 나와 있다.

> 척 = 자. 자는 손을 폈을 때의 엄지손가락 끝에서 가운뎃손가락 끝까지의 길이에서 비롯된다. 자의 한자인 척尺은 손을 펼쳐서 물건을 재는 형상에서 온 상형문자이며, 처음에는 18센티미터 정도였을 것으로 추정된다.

이걸 읽으면 애초에 궁금해하던 구척장신은 어디론가 가버리고, 피가 뚝뚝 떨어지는 손바닥 아홉 개가 한 줄로 길게 늘어서 있는, 그 아홉 개의 손바닥들이 제각기 칼을 잡고 마구 휘두르는 광경이 떠오른다. 그러면 단번에 스무 명이나 죽였다는 구척장신 관운장의 전설도 나름대로 믿을 만하다. 이렇게 엽기 삼국지가 시작된다. '배꼽이 빠지도록 웃다', '입이 귀까지 찢어지다', '간이 배 밖으로 튀어나오다' 따위의 표현을 무서워하는 것도 이런 버릇 때문이다.

물론 그저 나만의 생각에 지나지 않는다. 틀림없는 사실이라고 박박 우긴 적 없다. 평소에 이런 짓을 쉼 없이 하므로, 방구석에 처박혀 있어도 얼굴에는 표정이 변화무쌍하다. 나온 김에

하는 말인데, 나는 표정 연기라면 자신 있다. 혼자만 그렇게 믿는 게 아닐지 모른다. '도마 위에서 발악하다가 꼬챙이로 머리를 막 관통당한 젊은 붕장어의 표정' 따위를 연기하면 친구들이 "너 요새 물이 오를 대로 올랐구나" 하고 칭찬해주기도 한다. 그러면 나는 너무 기뻐서 제발 그만두라는 말이 나올 때까지 몇 번이나 되풀이한다.

어린아이들에게는 그런 게 병이 아니다. 아이들은 장난감 비행기를 이리저리 움직이면서, 마치 그 비행기가 진짜로 하늘을 날고 있고 또 조종하는 게 자기라 믿는다. 입술을 오므려 바람이 찢어지는 소리를 만들고, 멀리서 미사일이라도 날아오면 당황한 기장의 고함을 흉내 낸다. 이런 짓은 자신을 표현하는 보다 세련된 방식을 찾게 될 중학교 저학년까지 계속된다. 그런데 내 경우에는 그게 중학생 시절에 끝나지 않았다. 나는 아직도 장난감 비행기를 갖고 논다.

내가 장난감 비행기를 주무르며 즐거워하듯, 많은 사람들이 내 소설을 재미있게 읽어주길 바란다. 이야기 자체에 만족하지 못해 굳이 주제나 메시지를 찾아 나서겠다면 말리지는 않겠다. 하지만 미리 말해두는데, 마냥 쉽지는 않을 것이다. 별로 관심이 없을 거라는 생각에 양말 밑에 숨겨두었기 때문이다.

내 소설을 좋아하지 않는 어떤 분에게 이런 잔소리를 들었다. "온갖 세파에 시달리는 우리의 실제 이웃은 대체 어디 있는 거요?"

나는 닥치고 있었다. 정말 어디에 있는지 몰라서가 아니었다. '온갖 세파에 시달리는 우리의 실제 이웃'은 실제로 내 옆집에 산다. 나는 매일매일 그들과 마주치고, 그들의 손과 뺨에 얼룩처럼 묻어 있는 고통으로 인해 마음을 다치곤 한다. 다만 나 역시 그들만큼 남루하고 지긋지긋한 현실을 살아가고 있는지라 때때로 거기서 도망치고 싶을 뿐이다. 그런 사정을 일일이 고백하고 용서를 구할 필요까지야 없지 않겠는가.

모든 작가가 한곳을 향해 나란히 서 있는 건, 똑같이 근엄한 표정을 짓는 건 끔찍한 일이다. 나 역시 빈부격차라든가 환경문제, 신자유주의 같은 건 정말로 심각하고 중대한 사안이라 한순간도 머리에서 놓으면 안 된다고 생각한다. 생존을 걸고 전력을 다해 싸우지 않으면 안 된다고 믿는다. 그렇지만 불행히도 그런 문제들 대부분은 내 창작의 동기가 되어주지 못하고 있다. 돌이켜보았을 때 참으로 이상한 건, 10년에 가까운 습작 시절에는 내 소설이 진지하고 현실적인 주제에서 한 치도 벗어나지 못했었다는 사실이다. 그런데 지금은 어찌된 일인지 아무리 엄숙한 얼굴로 책상 앞에 앉아봤자 늘 이 모양이다.

다행히 국내외의 많은 소설가들이 내가 하지 못하는 그 일을 훌륭히 해내고 있다. 나는 그들의 글을 통해 드러난 의지와 신념에 깊은 감동을 받는다. 그렇지만 그들의 뒤를 따라야겠다는 생각은, 역시, 들지 않는다. 소중히 여기는 믿음과 가치가 공격받을 땐 필사적인 대결 외에는 방법이 없다. 하지만 우리는 또한 꽤나 상처받기 쉬운 존재들인지라, 피 터지게 싸우고 나서 내무반으로 돌아온 후에는 따뜻한 위로도 필요하다. 살아가려면 밥도 필요하고 반찬도 필요하듯이 말이다. '어서 밥을 내놔!' 하고 호통을 쳐봤자 반찬 담당인 나로선 우엉조림이나 계란말이를 슬그머니 내놓을 수밖에 없다. 밥상을 확 엎어버리든 말든.

내 첫 소설집의 제목은 『토끼를 기르기 전에 알아두어야 할 것들』이다. '반드시 알아두어야 할 것들'도 아니고 '알아두지 않으면 큰코다칠 것들'도 아니다. 나는 독자에게 그렇게 으름장을 놓을 배짱이 없다. 말하자면 위 소설집의 제목은, '이런 사연들도 알아두면 재밌지 않을까요?' 하는 의미다.

당신이 정말로 알아두어야 할 건 없다. 당신이 모르는, 몰랐다간 큰일 날 일이란 세상에 없다. 최소한 나는 그렇게 믿는다. 때문에 모두가 뚫어지게 바라보고 있는 삶의 중심이 아닌, 이 세계 언저리를 유령처럼 배회하는 무명의 이야기 구름을 한 입 베어 물고 오물오물 씹을 뿐이다. 그러다 당신에게 알려도 괜찮겠다 싶으면 한국어로 옮기는 것이다. '노동'이라는 생각이 별로 안 들기에 그렇게 나온 글을 팔아먹으려면 좀 쑥스럽지만, 남들 보는 눈도 있고 하니 무료로 배포하는 건 곤란하다.

이 세상 어딘가에는 곤경에 처한 오후 3시며 꽃사슴을 배신한 이중스파이, 고등어를 꼭 닮은 낙지가 있다. 있던 자리에 계속 있어도 별 문제 없으련만, 무슨 마음에선지 어느 날 문득 우리 곁으로 미끄러져 들어온다. 두 세계가 일순 겹치는 것이다. 그리고 아무 대책도 없이 잠시 머물다, 갑자기 생각난 듯 저 먼 망각의 어둠 속으로 총총히 사라진다. 우연히 그러한 존재와 마주했을 때 망설임 없이 이해하고 설명해낸다는 건 꽤나 근사한 일이다. 어리석은 취미라 손가락질해도 뭐 할 말은 없다. 하지만 일단 내 쪽에서 그길 즐기기로 작정하고 나면, 저기서 1905년 세네터스 팀의 존 앤더슨이 고개를 숙이고 터벅터벅 걸어온다. 나는 팔을 벌려 껴안는다. 바들바들 떨고 있는 등을 다독거려준다. 울지 마, 하고 속삭인다.

"내가 다 알아."

진부함으로부터

소설을 이해하기 위하여 시도된 많고 많은 분류 중에 제일 유명한 건 아마도 '소설=줄거리+서사전략'이라는 단순한 도식일 것이다. 내용과 형식이 그처럼 딱 부러지게 나눠는 건 아니지만, 이 예쁜 도식은 두뇌 활동을 크게 요구하지 않는다는 점 외에도 '서사전략'을 '줄거리'와 대등한 신분으로 제시한다는 점에서 기특한 면이 있다.

아름다운 여인을 꽃에 비유한 첫 작가는 천재였으나 그 문장을 반복한 후대 작가들은 흉내쟁이에 불과하다. '비슷한 것은 가짜'라고 연암이 일갈했듯, 새롭지 않은데 어찌 소설이라 할 수 있단 말인가? 새로움 자체로는 소설의 최선이나 목표가 되기 어렵지만, 진부함이라는 만고불변의 악과 대척점에 서 있기에 최선이나 목표에 버금가는 대접을 받아 마땅하다. '줄거리'만큼, 어쩌면 그보다 더 '서사전략'에 관심을 가져야 할 까닭이 여기에 있다. 전혀 새로운 이야기를 만들려는 노력보다는 새로운 전달 방식을 찾아내려는 노력에 소설의 미래가 달려 있기 때문이다.

서양철학사가 플라톤에 대한 각주의 역사라면 소설사는 비슷비슷한 이야기를 제각기 다르게 말해온 화법의 역사다.

그렇다면 서사전략은 어떠한 성질의 새로움을 지향해야 할까?

누군가—편의상 '고씨'라 하자—가 생각하기에는 바로 '흥미'가 지상 과제다. 특히 요즘처럼 바쁜 세상에서 이 미덕은 더욱 소중할 수밖에 없는데, 왜냐하면 아무리 『화엄경』에 필적할 심오한 사상이 담겨 있고 그 진정한 의미를 깨달음으로써 우리 모두 행복의 나라로 건너갈 수 있다 치더라도 독자가 처음 한두 장 읽다가 모바일 게임이 낫겠다며 책을 덮어버리면 심오한 사상이고 나발이고 끝이기 때문이다. 소설도 이야기고 모바일 게임도 이야기라서 결국 나란히 달릴 수밖에 없다. 물론 오늘날 그 경쟁은 기울어진 운동장에서 벌어지지만, 그렇다고 매번 지라는 법은 없지 않겠는가. 만약에 충분히 관심을 끌 만한 도입부를 제시한다면, 허를 찌르며 이어지는 흐름이 지속적으로 호기심을 자극한다면, 긴장과 몰입의 그래프가 우아하게 솟구친다면, 막바지에 이르러 빤한 결말은 배반하되 결국 깊이 수긍할 수밖에 없도록 만든다면, 그 운동장의 경사는 오히려 소설의 편이 될 것이라고 고씨는 믿는다.

다른 누군가—편의상 '형씨'라 하자—의 견해는 어찌 보면 정반대다. 형씨는 예술의 미학적 본질이 '낯설게 하기'에 있다고 믿으며, 플롯을 비롯한 서사의 모든 전략 또한 그 관점에서 해석한다. 일상의 평범한 소동을 의미심장한 사건으로 바꾸기 위해서는 독자의 관습화된 고정관념을 공격해 새롭게 환기시켜야 한다. '진짜 예술'이 하는 일이 바로 그것이다. 예컨대 고흐의 신발 그림은 대형 신발 매장을 둘러볼 때 느끼는 '아무렇지 않음'을 타격하고 신발 고유의 신발다움을 극도로 부각시킨다. 그럼으로써 우리는 신발이 왜 그 주인과 단짝인지, 신발은 어때야 하는지, 신발인 것과 신발 아닌 것 사이의 명료한 경계란 존재하는지 등 뜻밖의 사유를 얻게 된다. 한번 생각을 해보자. 당신은 지금 폭탄 조끼를 입고서 가족과 대화하고 있다. 악당은 멀리서 관찰하다가 조금이라도 이상한 낌새를 차리면 곧장 폭발 버튼을 누를 것이다. 그러니 당신은 평상시와 조금도 다르지 않은 문장으로 그 위험을 가족에게 알려야 한다. 보라, 이제 당신의 입에서 나오는 모든 일상어는 '낯설게 하기' 단계로 진입했다.

정리하자면, 서사전략은 각기 다른 두 방향의 새로움을 추구한다. 고씨에 따르면, 서사전략은 이야기의 자연스러운 전달을 통해 독자의 흥미를 배가시키려고 존재한다. 그래서 고씨는 그럴듯하게 보이려 애쓴다. 형씨에 따르면, 서사전략은 이야기가 쉽게 전달되는 걸 막아 독자로 하여금 의심하게 만들려고 존재한다. 그래서 형씨는 낯설게 보이려 애쓴다. 고씨는 틈만 나면 서사의 흐름을 가속하고, 형씨는 툭하면 서사의 흐름을 지연시킨다. 고씨의 유기적인 흐름은 가독성을 높이고 독자의 감정을 고양시킨다. 형씨의 파편적인 흐름은 의심을 불러일으켜 독자를 각성으로 인도한다. 고씨의 입장이 독자를 고려하는 전문가의 현실적 자세라면, 형씨의 입장은 야심 있는 예술가의 이상적 자세다. 자, 선택의 기준은 바로 이것이다. 어느 쪽이 소설적으로 더욱 아름다운가?

나는 고씨와 형씨 사이에서 오랫동안 까불림을 당해왔다. 그덕에 정신이 혼미해져 마음은 분명 고씨에게 있음에도 몸이 형씨 곁으로 조금 미끄러져 들어간 것 같다. 그런데 형씨의 견해가 듣기에는 멋질지라도 치명적인 결점이 하나 있다. 감정이 고양되길 바라는 독자는 많지만 각성되길 바라는 독자는 드물다는 점이다. 예를 들어 "이 신발은 어머니의 신발을 꼭 닮았어. 부끄럽게도 내 어머니는……" 하고 중얼거리면 가던 길을 멈추고 다가와 귀 기울일 사람이 많지만, "여기 신발이 있어. 그런데 이게 정말 신발로 보여?" 하고 따져 물으면 대부분의 사람들이 가던 길을 뛰어간다. 이는 곧 책이 팔리길 기대하기가 어려워진다는 뜻이다. 작가에게 이보다 더 가슴 미어지는 일이 또 어디에 있을까.

이 고민은 더 오래 가야 할 모양이다. 어쩌면 끝이 안 날지도 모르겠다.

그렇다고 만날 고민만 하는 것은 아니다. 오랫동안 유용하게 써먹어온 기법 하나가 있다.

바로 '뒤섞기'다.

뒤섞기란 참으로 신통방통한 도구다. 미역국과 홍어찜과 치약을 양푼에 붓고 이리저리 뒤섞으면, 그건 물론 개에게도 못 먹일 쓰레기가 된다. 그러나 이처럼 빤히 예상되는 바보짓을 제외한 대부분의 이종 간 뒤섞기는 꽤 근사한 결과를 낳곤 한다. 특히 아무도 시도를 안 해본 조합이라면 그걸 실제로 단행했을 경우, 내 생각에는, 기대를 훌쩍 뛰어넘는 결과가 튀어나올 가능성이 8할 이상이다.

왜 그런지는 알지 못한다. 단지 그렇게 된다는 사실만 알고 있다. 뭐든 섞으면 십중팔구 앞으로 나아간다. 카레에 케첩과 고추장을 살짝 섞으면 맛이 오묘해지고, 된장찌개에 토마토를 툭툭 잘라 넣으면 또 근사한 맛이 난다. 나는 요리사가 아니라 작가이므로, 내 소설도 이종 간 뜻밖의 조합을 통해 그와 같은 맛이 나오기를 바란다. 나는 바로 그런 새로운 맛을 오랫동안 기다려왔다. 지금도 기다리고 있다.

언젠가는 먹을 수 있겠지.

그러한 기다림 속에서 나는 소설을 쓴다. 구상 – 집필 – 퇴고로 이어지는 유기적인 소설 창작의 세 단계를, 그러나 그 각각이 완전히 독립된 것처럼 배타적으로 하나씩 밟아가며 소설을 써낸다.

어떤 소설은 흥미로운 사건에서 시작이 되고, 어떤 소설은 매력적인 인물에서 시작이 되며, 어떤 소설은 고상한 주제의식에서 시작이 된다. 각기 장단점이 있을 텐데, 나의 경우에는 주로 사건을 먼저 떠올린다. 그리고 그 사건을 통해 무슨 목소리를 낼 것인가 등을 차근차근 결정한다. 똑같은 사건을 서술해도 정반대의 메시지를 전달할 수 있는 법이니, 이 작업은 사건에 내 세계관을 부여하는, 삼라만상을 바라보는 내 관점을 구체적으로 실천하는 작업이기도 하다.

사건의 윤곽이 잡히면, 이제 본격적으로 각기 행세를 할 차례다.

우선 구상부터 한다.

지극히 당연한 소리지 않은가, 라고 화내기 전에 일단 들어보시길. 나에게 구상은 단순한 설계도가 아니다. 예를 들어 등장인물을 구상할 때는 그의 성장환경, 가족관계, 외모, 학력, 말버릇, 식습관, 배변 습관, 걸음걸이, 교우관계, 취미를 비롯해 이런저런 병력, 체격, 두발과 치아 형태, 정치적 성향, 경제관념, 즐겨 입는 복장, 에로스적 환상, 좋아하는 그림과 음악과 연예인, 잠버릇, 구강의 세균 분포까지 신경질적으로 결정한다. 나는 주로 단편소설을 쓰니 그중에서 실제로 소설에 등장할 내용은 백에 두셋도 안 된다. 하지만 이렇게 해두지 않으면 허전해서 다음 단계로 나아가질 못한다.

그처럼 소설이 그릴 세계와 연관이 있는 모든 세부적인 정보들을, 상당한 편집증 수준으로, 천천히 선택해나간다. 중요한 대화, 제일 첫 문장과 마지막 문장, 진짜와 가짜 서사 정보를 흩리는 순서도 미리 정해둔다. 짧고 경쾌한 문장으로 쓸 것인지 길고 진지한 문장으로 쓸 것인지 정해두고, 핵심 단어들을 유음 수준에 따라 단계적으로 분류함으로써 이야기가 어떤 스펙트럼을 띠도록 할지도 정해둔다. 한 편의 소설이 완성되기까지 대략 50일이 걸린다면 이처럼 뜬구름 잡는 구상 작업이 30일쯤 걸린다. 이 단계에 들이는 공만 놓고 따진다면 장차 태어날 소설은 보나마나 대성공이다. 여기서 대성공이란 다섯 자리 수 이상의 판매고와 비평가들의 집단 졸도와 복권 당첨 등을 전부 포함하는 단어다.

구상이 끝나면 이제 집필, 즉 본격적으로 일을 망치는 단계에 들어갈 차례다. 집필은 50일 중에서 이틀 내지 사흘 걸린다. 5퍼센트 가량에 불과한 것이다. 하지만 이 5퍼센트가 나에게는 화염지옥의 시간이다. 중화요리를 하듯 휘몰아 쓰기 때문에 몸도 마음도 상당히 피폐해지기 일쑤다. 그런 중노동의 결과로 제법 반반한 초고를 만난다면 또 모를까, 십중팔구는 보기 창피할 쓰레기가 나와버리니 힘들어도 어디에다 영 하소연할 수조차 없다. 100일 동안 쑥과 마늘을 먹었으나 사람이 되기는커녕 웅담만 상한 곰의 심정이 이러할까.

그나마 너무 심하게 망가지지 않도록 내가 준수하는 유일한 집필 원칙은 구상한 그대로 쓰는 것이다. 깨끗이 옮겨 적는다고 말하는 편이 낫겠다. 미리 구상하지 않은 건 하나도 적지 않기 때문이다. 그런 까닭에 나는 소설을 쓰던 도중에 일명 '그분'

이 오시는 걸 달가워하지 않는다. 내 원고지 위에서 뭔가 신묘한 일이 벌어지는 게 싫은 것이다. 그건 내가 이야기를 제대로 장악하지 못했다는 뜻이며, 이야기가 사방팔방 제멋대로 날아다니기 시작했다는 뜻이니까. 우연의 산물을 원고료 받고 팔아먹을 수는 없다. 나에게 집필 단계는 영혼 없는 로봇처럼 죽어라 타이핑하는 시간이다. 생각은 '구상' 단계로 충분하다. 간혹 너무 매력적인 '그분'이 오셨다면, 그래서 도저히 저항할 수가 없다면, 얼마나 썼건 간에 일단은 집필을 포기하고 '그분'이 포함된 이야기로 새로이 구상을 시작한다. 이게 얼마나 짜증나는 일인지 아는 사람은 알 것이다. 나는 '그분'이 약속 시간에 맞춰 오든가 아예 오지 않든가 둘 중에 하나만 했으면 좋겠다.

마지막은 퇴고, 즉 팔자 좋게 드러누운 이야기를 안간힘을 다해 일으켜 세우는 단계다. 하지만 집필 후 곧바로 퇴고에 들어가지는 않는다. 눈앞의 재앙이 내가 직접 불러온 사태라는 걸 약간이나마 잊을 수 있도록 사나흘간 딴청을 좀 부린 다음에 시작한다. 혹시라도 빠진 부분을 채워 넣거나 잠시 한눈판 사이에 악마가 낙서해놓은 부분을 지우는 이 작업은 50일 중에서 15일 이상이 소요된다. 사실 15일은 너무 부족하다. 150일이라도, 1500일이라도 여전히 부족할 것이다. 소설은 직관의 삐죽삐죽함이 생명일 수 있는 시와는 달라서 고치면 고칠수록 무조건 더 좋아지기 때문이다. 그럼에도 '15일 이상'이라고 한 이유는 다름 아닌 마감 탓이다. 말하자면 작가에게 마감이란 '이제 그만 미련을 버리고 그 정성으로 어서 다른 소설을 쓰시오'라는 자애로운 은총의 목소리와도 같은 것이다. 실제로 편집자가 전화를 걸어와 마감이라고 알려줄 때면 은총은 무슨, 담즙이 코로 역류하지만 말이다.

나는 이렇게 쓴다. 방금 헤아려보니 습작생 시절부터 합하여 20년 훨씬 넘게 이런 식으로 써왔다. 그래서 이제는 이 방식 외의 다른 소설 쓰기가 있는지 의문일 지경에 이르렀다. 사건이 떠오르면 자연스럽게 50일간의 여정이 시작된다. 매 단계 지난번과 유사한 과정을 거쳐 고만고만한 소설을 생산한다. 같은 컨베이어벨트에 같은 프로그램, 공정이 이처럼 닮은 탓인지 작년에 쓴 소설과 올해 쓴 소설이 별반 다르지 않은 것 같다. 전에 한 얘기를 또 하고 있다는 기분도 든다.

진부함으로부터 열심히 도망친다고 생각했는데, 지금 가만히 보니 이 몸이 진부하다.

나이와 글쓰기

젊을 때 쓸 수 있는 글이 있고 늙어서 쓸 수 있는 글이 있다. 안 그런 예도 많지만, 일반적으로 번득이는 재치는 젊은 나이에서 나오는 것이고 사유가 깊은 통찰은 나이가 좀 들어야 가능한 것이다. 그런데 문제는 재치와 통찰이 동떨어진 게 아니라는 점이다. 통찰의 근원이 바로 재치와 이어져 있다.

문장을 죽어라 뜯어고치는 학생들을 보면 답답할 때가 있다. 내가 보기에 그건 자신의 장점이 아니라 약점에 매달리는 행동이다. 일단 등단을 하면 동시대의 유명 작가는 물론이거니와 죽어 역사가 된 작가들과도 경쟁해야 한다. 경쟁에서 이기거나 조금이라도 오래 버티려면 지금 이 순간 갖고 있는 가장 효과적인 무기를 들어야 할 텐데, 그게 바로 그 작가의 나이다. 이삼십대를 빠르게 질주하는 입에서만 나오는 저 엄청난 창의력(혹은 똥딴지)을 〈메멘토〉의 레너드나 〈프리즌 브레이크〉의 마이클처럼 온몸에 문신으로 새겨도 모자랄 판에 자연히 좋아질 문장 갖고 끙끙거리는 건 꽤 아픈 낭비다.

더 나이 들기 전에 자신의 이야기를 만들어야 한다. 그리고 이야기는 마치 첫사랑처럼 세상 물정 제대로 모르고 편견과 선입견이 폭풍처럼 휘몰아칠 때 더 흥미로워진다. 물론 오랫동안 글을 쓰다보면 밍밍한 이야기도 어느덧 웅숭깊어질 수 있다. 하지만 웅숭깊으면 뭐 할 것인가, 재미대가리가 없는데.

멀리 볼 것 없이 우리나라만 하더라도 노년에 접어들었으나 여전히 훌륭한 글을 쓰는 작가들이 많다. 존경스러운 일이지만, 아무나 그렇게 할 수 있는 건 아니다. 나도 그게 어려울 것 같다. 지금 당장만 해도 예전에 썼던 얘기를 계속 재탕하는 듯한 답답함 속에 잠겨 있다. 싫다고 어찌할 수 있는 게 아니어서, 최근 들어서 나는 그 답답함을 조금씩 받아들이는 중이다. 원고지에서 눈을 돌려 유치원 시절부터 로망이었던 목공에 자꾸 관심을 갖는 건 그 때문이다.

재능에 관하여

적어도 소설에 관해서라면, 나는 재능을 믿지 않는다. 현재 작가의 길을 가고 있는 나 자신의 이모저모를 뜯어보아도 무엇 하나 재능이라 말하기 민망한 까닭이다. 게다가 재능이라는 게 진짜로 있다면 그건 작가가 될 씨앗이 미리 예정되어 있다는 뜻일 텐데, 소설 쓰는 게 무슨 대단한 영광이라고 그따위로 사람을 차별한단 말인가? 때문에 나는 학생들에게 어느 인디언 부족의 이야기를 자주 들려준다. 그 부족이 기우제를 지내면 100퍼센트 비가 내린다고 한다. 이유인즉, 비가 올 때까지 기우제를 지내기 때문이다. 이 이야기의 핵심은 '노력'이다. 최선을 다하는 노력이 아니라, 될 때까지 하는 그런 노력 말이다. 어지간한 각오 없이는 불가능한 일이니, 어쩌다 그런 학생을 만나면 기특함을 넘어 존경스럽기까지 하다.

그런데 B가 문제다. 10여 년 전 강의실에서 만난 B는 노력 차원에서 타의 추종을 불허한다. 소설 쓸 시간을 확보하기 위해 민효린 닮은 애인과 헤어졌으며, 대학을 졸업한 뒤 보수가 적은 대신 시간이 남아도는 한심한 아르바이트만 찾아 전전한다. 최소한의 사회생활에 필요한 시간 외에는 항상 골방에 처박혀 글자로 호흡하고 문장으로 허기를 채운다. 정성이 이 지경인데도 두 달마다 꼬박꼬박 내미는 소설은 어찌하여 초지일관 개판이란 말인가.

덕분에 나는 곤란해졌다. 신념에 균열이 생기는 걸 넘어, B에게 재능이 없다고 의심하는 자체가 비교육적인 행위인 탓이다. 가르치는 선생의 입장에서는 재능의 존재를 부정해야 한다. 무슨 병아리 감별하듯 재능을 하나하나 측정하는 게 극히 비현실적이라는 사실도 문제지만, 하늘이 제멋대로 내려준 재능에 따라 개개인의 미래가 좌우된다면 도대체 무슨 근거로 불특정 다수의 학생들에게 분발을 요구할 것인가.

망가지는 것이 한두 가지가 아니다. 때문에 우리는 그 질문을 의뭉스럽게 깔고 앉아 많은 파지를 생산해왔다. 친절한 나는 B를 위하여 그간 온갖 방식을 고안해냈다. 심지어는 질문 자체에서 도망치려고 조심스럽게 다른 진로를 제시해본 적도 있다. B는 말없이 웃었지만, 당시 그의 눈빛에 담긴 경멸의 시선을 나는 분명히 느낄 수 있었다.

어이, 그냥 농담이라니까.

그래서 이제는 별도리 없이 진심으로 바랄 뿐이다, B가 이 힘든 시기를 꾹 참고 견딘 뒤 마침내 좋은 작가가 되어 제 노력의 가치를 증명해주기를. 그렇게만 된다면 나로서는 소설을 잘

쓰는 재능 따위란 없으며 세계에 대한 호기심과 그걸 언어로 표현해내려는 욕망, 그러니까 내가 처음 작가를 꿈꾸던 시절부터 지니고 있던 몇 가지가 결국 소설 쓰기에 필요한 전부라는 오랜 신념을 단단히 보호할 수 있을 것이다. 아니면 이 자식아 지금 당장 포기하고 내 인생에서 썩 꺼지든가.

B, 이거 전부 너한테 달렸다.

문화의 본질
—「아르판」 창작 노트

소설「아르판」을 쓰며 나는 특히 세 가지를 고민했다. 그 하나는 '문화의 전파'다. 다른 하나는 '표절'이다. 마지막 하나는 '둘이 얼마나 다르며, 어떻게 구분할 수 있는가'다. 애초부터 명료한 답을 추구한 게 아니니,「아르판」은 이 질문들의 서사적 형태라 보아도 무방할 것이다.

한 공동체의 문화를 지켜야 한다는 주장에는 흔히 두 가지 전제가 깔려 있다.

첫째 전제는 순수성이다. 문화란 일정 경계를 공유한 구성원들에 의한 고유의 발명품이라는 것이다.

그런데 한국의 문화, 중국의 문화라 호칭되는 것들이 과연 순수하게 한국의 문화이고 중국의 문화인가? 오랜 세월에 걸쳐 이합집산해온 그 수많은 개별적 인격들의 발명을 오늘 이 순간 구획된 국가의 이름으로 뭉뚱그려 호명하는 게 온당한가? 이러한 가정을 해보자. 우리가 병자호란 이후 청의 지배에 들어가 오늘날까지 중국의 일부로 살고 있다면, 우리는 조선을 그리워할까 아니면 중국인임을 자랑스러워할까? 일본제국주의 식민 치하에서 벗어나지 못하여 현재 일본의 일부로 살고 있다면, 우리는 조선을 그리워할까 아니면 일본인임을 자랑스러워할까? 이 질문은 다양하게 변형될 수 있다. 옛적의 신라인과 백제인은 각각 신라와 백제를 그리워할까 아니면 오늘날 같은 한국인임을 자랑스러워할까? 원수지간이었던 오나라와 월나라 사람들은 각각 오나라와 월나라를 그리워할까 아니면 오늘날 같은 중국인임을 자랑스럽게 여길까? 이는 매우 위험한 질문인데, 왜냐하면 근원에 대한 이러한 질문이 계속될수록 현 공동체를 향한 결집력은 약해질 수밖에 없기 때문이다. 하지만 그게 두려워 질문 자체를 가두는 건 바보나 하는 짓거리다. 물론 평범한 한국인이라면 중국인이나 일본인이 아니라 한국인으로 살아간다는 사실에 안도할 것이다. 그러나 이것이 곧 앞선 질문의 답이 될 수는 없다. 어느 쪽이건, 현재 소속된 공동체의 이름에 자부심을 갖는 쪽이 심리적으로 이득이거나 혹은 공동체에서 그렇게 교육받았다고 보는 게 자연스럽다.

둘째 전제는 약육강식의 논리다. 힘이 약한 문화는 다른 문화의 침입에 의해 절멸되며, 그것은 문화의 다양성을 해치기 때문에 막아야 한다는 것이다.

영 틀린 말은 아니다. 국제사회는 외부 세력의 부당한 침탈에 대항할 공동의 합의 기구를 운영하는 중이다. 무분별한 토건 정책을 막고 습지생태계를 보호하려는 시민사회의 노력도 같은 맥락에서 이해할 수 있다. 이 모두가 강자 독식의 야만에서 벗어나고자 하는 근대적 인식의 소산이다. 하나의 지역에서 태동한 문화가 다른 지역으로 전파되는 과정에는 분명 주민투표 같은 건 생략해버리는 힘의 논리가 존재한다. 하지만 그 방향은 군사적 침략이나 생태계 파괴처럼 단순하지 않으며, 종교를 제외한다면 심지어 그다지 폭력적이지도 않다. 대부분의 성공적인 문화는 그 자체가 지닌 거부할 수 없는 이점으로 인해 전파되기 때문이다. 이를테면 나그네에게 음식을 제공하는 레스토랑 문화는 로마의 카라칼라욕장•에서 태동해 이슬람권을 거쳐 유럽으로 역수입되었는데, 18세기에 이르러 프랑스의 불랑제가 단품 식사 체계를 고안한 이후 세계 전역에 동시다발적으로 퍼져나가기 시작했다. 오늘날 열대지방의 레스토랑이건 극지방의 레스토랑이건 유사한 형태로 여행자를 맞이하는 이유는 그 규격과 형식이 매우 편리하기 때문이다. 반면에 음식값을 치르는 방식은 여전히 통일되어 있지 않다. 아시아만 하더라도 한국이나 일본은 보통 식사를 마친 다음 출입구 쪽에 있는 카운터로 걸어가 '얼마예요', '이꾸라데스까' 하고 계산한다. 그런데 중국과 태국과 미얀마는 보통 테이블에 앉은 채로 '마이딴', '깹땅', '씨메' 하고 목청껏 종업원을 불러 계산한다. 이처럼 서로 이웃한 나라들 사이에도 방식의 차이가 나타나는 이유는 어느 한쪽이 일방적이고 압도적으로

• 로마의 황제 카라칼라가 로마 시내에 세웠던 거대한 공중목욕탕.

편리하지 않은 탓이다. 대중교통 체계나 아파트 형태나 통신시스템과는 달리 즉각 받아들여봤자 별 이득이 없는 것이다.

이처럼 한 공동체의 문화를 지켜야 한다는 주장에는 반론의 여지가 많다. 그런데 그 충성심이 옳은 것인가에 대한 질문을 미뤄두고 그것이 과연 이로운가, 다시 말해 한 공동체의 문화를 사수하려는 노력이 그 문화의 존속에 현실적으로 기여하는가부터 따져보면 묘하게도 상황은 더욱 난처해진다. 문화가 존속하는 방식은 생명체가 존속하는 방식과 비슷하다. 포식과 공생이 그것이다. 문화의 포식은 이방 문화를 흡수하여 자신의 일부로 재구성하는 행위다. 문화의 공생은 이방 문화와 결합하거나 이방 문화에 깃들어 확장된 외연 속에 자신의 고유한 요소를 유지하는 행위다. 이 두 가지 외에는 길이 없다. 가만히 자기 자리에 웅크린 채로 남에게 영향을 주지도 받지도 않는 문화는 살아남을 방도가 없거니와 그럴 가치 또한 없다. 그러니 자기 문화를 지키려는 의지가 마침내 자기 문화를 죽인다는 역설이 탄생하고 마는 것이다. 일단 웅크린 공동체는 더욱 배타적이고 폐쇄적으로 웅크리면서 자기 문화를 지키려 하겠지만, 그럴수록 그들의 문화는 향유의 대상에서 수호의 대상으로 변질된다. 그리고 인류의 시간은 보통 이런 문화들을 땅속 깊이 매장하는 방향으로 흘러왔다. 아르판을 포함한 '와카족'은 이를 잘 알고 있었고, 그래서 스스로 눈먼 장물이 되어 이방인에게 도둑질을 유도하는 방식으로 자신들의 문화를 세계에 퍼뜨렸다. 텍스트에 새겨진 제

이름을 지움으로써 불멸을 꾀한 것이다. 이는 곧 생명체의 DNA가 하는 일이기도 하다.

예술이란 한 공동체의 온갖 역량이 결집되어 나타나는 창조적 형태의 문화이며, 뛰어난 예술일수록 문화사를 자신의 전대와 자신의 후대로 나눠버리는 변혁의 힘을 발휘한다. 그런데 극히 순정하고 독특한 예술작품에서조차 우리는 모방과 표절과 혼용과 교류의 흔적을 무수히 발견할 수 있다. 한 공동체의 문화예술 역량은 닫힌계에서 자연발생하는 게 아니라 다른 공동체와의 협조 혹은 반목을 거쳐 구축되는 것이기 때문이다. 하나의 온전한 창작물이 등장하려면 거기에는 새로 만들어내려는 힘도 중요하지만 이미 있는 것을 넘보고 극복하려는 힘이 절대적으로 필요하다. 그에 더해 모든 예술은 인류의 영혼에 내재되어 있는 몇몇 이미지에 상당 부분 빚지고 있다. 넓게 보아 예술이란 원형심상에 특정 환경의 질서를 부여하는 작업이기 때문이다. 그러니 설령 저 궁벽한 산악지대에 사는 와카의 문화라 할지라도 그것이 오롯이 와카의 것만은 아니게 된다. 「아르판」의 주인공은 원전原典에 대한 열등감으로 괴로워하지만, 현실에서의 원전이란 우리가 알고 있는 바로 그 형태로 어느 날 뚝딱 발명된 게 아니다.

표절하는 자식들을 옹호할 생각은 없다. 세상 어느 것도 하늘에서 뚝 떨어지지 않았다는 말을 하려는 것이다. 예술이란 약탈하고 포섭되고 뒤섞이는 탁류 속에서 느리게 자라나는 꽃이다. 향취를 감상하는 건 우아한 작업이나, 당신은 결코 그 꽃 고유의 냄새만을 골라 취하지는 못한다.

이름 짓기의 어려움
—「자정의 픽션」 창작 노트

이 소설을 쓰면서 제목이 불러일으킬지 모를 의미상의 혼란을 우려했다.

나는 일전에 동일한 이름으로 단편집을 묶어 낸 적이 있는데, 당시 사용한 '자정의 픽션'이라는 제목은 오늘날 소설 전개의 패턴이 지나치게 첨단을, 다시 말해 벼랑의 끝자락을 걷고 있기에 머지않아 자멸의 과정을 거쳐 원래 있던 자리로 돌아가고야 말리라는 추측에서 비롯된 것이었다. 요컨대 '이야기'라는 즐거움의 원천, 그 모태만 남긴 채 모든 가능성이 열려 있는 경계의 어느 지점으로 회귀할 것이라는 전망의 소산이었다.

반면 이번 단편의 제목인 '자정의 픽션'은 그처럼 거창한 의미가 아니라 말 그대로 한밤중에 꾸며낸 이야기, 우리의 거지같은 삶을 지금 여기서 보듬어주는 고요하고 평화로운 위무의 농담을 주로 뜻한다.

나는 하나의 명칭을 두고 암시한 그와 같은 두 갈래의 맥락이 본의 아니게 독자를 헷갈리게 만들까봐 걱정했는데, 걱정하고는, 걱정하다가, 그나저나 이 바쁜 세상에 누가 쩨쩨하게 그딴 걸 갖고 따질까보냐 하는 생각이 들어 걱정을 관두었다.

그러자 마음이 그렇게 편해질 수가 없었다.

조금 답답한 인생

몇 해 전 『낭만주의』라는 제목으로 또 한 권의 소설집을 냈다. 직전 4년간 발표한 단편을 묶었다. 중간에 경장편을 한 권 쓰긴 했지만, 아무리 그래도 4년 동안에 단편 여섯 편이면 너무 적다. 더 큰 문제는 이 기간 동안 소설을 생각하고 소설을 썼다는 것 외에는 별다른 기억이 없다는 점이다. 아 맞다, 폐결핵에 걸려 앓아누웠지. 아 맞다, 논문도 두어 편 썼지. 아 맞다, 집 앞 공터를 지나는데 아이들의 축구공이 내게 굴러왔더랬지. 나는 두 걸음쯤 걸어가다 다섯 걸음쯤 뛰어 공을 걷어찼지. 그 공은 멋진 포물선을 그리며 아이들 뒤쪽 멀리 날아갔더랬지. 내게는 그럴싸한 말이나 행동을 하는 나 자신의 모습을 외부에서 관찰할 수 있는 눈이 있는데, 보기에 꼭 중년의 웨인 루니 같았지. 그런데 안 쓰던 근육을 갑자기 쓴 탓에 사타구니가 결려 그 후 사흘 넘게 제대로 걸어 다닐 수가 없었지. 암, 내가 그랬지.

언젠가 늙어 꼬부라진 할머니가 텔레비전에 나와 말하길, 다시 태어나도 지금의 남편과 결혼할 거란다. 퍽 좋았나보다. 나는 다시 태어나면 소설가가 되고 싶지 않다. 글자와 관련된 어떠한 직업도 싫다. 특히 퇴고할 때마다 겪는 게슈탈트 붕괴는 끔찍하다. 이런 삶이라면 버섯과 무엇이 다른가.

그런데 곰곰이 생각해보면, 전생에도 틀림없이 이 소리를 했던 것 같다. 한 300년 전쯤에 내 손으로 썼다가 어디론가 사라진 이야기들이 가끔 꿈에 나온다. 시대가 바뀌었으니 이제는 읽어줄 사람이 있을 거라며, 승낙하지 않으면 악몽이 될 법한 목소리로 속삭인다. 그런 협박들이 나를 여기까지 데려왔다. 혼나기 싫어 징징거리며 펜을 놀렸다. 그러면서도 계속 투덜댔다.

세상에 나온 자식들이 나보다 오래 살기를 바랄 뿐이다. 아니면 다음 생에 또 써야 할 테니까.

2

미안하지만
부탁이 있어요

체온과 작별

내가 하고자 하는 이야기는 우리와 가까운 짐승, 그러니까 반려동물에 관한 것이다. 물론 인간의 마을 전체로 봤을 때 소나 돼지도 그다지 멀리 있는 짐승은 아닐 것이다. 하지만 그들은 이를테면 밤에 슬그머니 침대에 올라와 부드럽게 몸을 비비거나 겨드랑이를 파고들진 않는다.

그럴 수 있다 쳐도 내 쪽에서 사양하고 싶다.

나의 첫 반려동물은 족보도 없는 강아지였다. 어머니가 어디선가 주워 와서는 열네 번째 생일선물로 갈음하셨다. 사춘기의 감수성으로 '해피'라는 이름을 붙였는데, 아닌 게 아니라 꽤 해피한 성격이었다. 한번은 그 좋아하는 쥐포를 줘도 먹지 않아 큰 병으로 짐작하고는 동물병원에 데려갔다. 이대로 끝인가, 마음을 정리하고 기다렸지만 주사를 한 방 맞더니 곧바로 팔짝팔짝 뛰면서 쥐포를 먹었다. 늘 그런 식이었다.

학교에 간 사이 새끼를 다섯 마리나 낳아놓은 일은 가슴에 또렷이 남아 있다. 나는 '제발 그러지 마세요' 하고 낑낑거리는 해피의 눈을 피해 갓 태어난 새끼들을 만져보았다. 손끝에서 심장이 뛰고 있었다. 따뜻했다. 틀림없이 살아 있는 것이다. 그럴 줄은 알고 있었지만, 정말로 그래서 아찔한 느낌이었다.

이제 그들은 모두 어디로 갔는가? 새끼 중 한 마리는 새하얀 털이었고 무척 예뻤는데, 기생충 때문에 죽었다. 너무 어려 방법이 없으니 그냥 어미 품에 놓아주라는 수의사 말을 듣고 눈앞이 캄캄해졌던 기억이 난다. 누런 털을 가진 다른 한 마리는 친구네 집에서 죽었다. 이유는 잊었다. 해피는 훗날 우리집을 떠나 마당이 있는 외갓집으로 옮겨졌고, 거기서 죽었다. 어린 사촌동생이 딴에는 친절을 베푼답시고 해피가 죽던 광경을 일러줄 때, 그러니까 바로 그때, 나는 해피와 처음 만났던 순간을 떠올렸다. 조심스럽게 연 라면박스, 어두운 한쪽 구석에 쪼그리고 앉아 있던, 세상에, 이렇게 작은 짐승도 숨을 쉬는구나, 살아 있구나, 그래, 그런 거구나.

두 번째는 미니 토끼 두 마리였다. 대학에 다니면서 대학은 왜 다니는지 고민하던 시절이었다. 충무로를 걷다가 문득 눈이 갔는데 맙소사, 털 무늬가 끝내주게 고왔다. 그렇게 고운 놈들은 길거리가 아니라 내 방에 있어야 했다.

토끼의 생식기 구조에 까막눈이어서 둘이 한 쌍인지 둘 다 암컷인지 아니면 둘 다 수컷인지 알 수 없었다. 토끼도 사람 말을 알아듣는다는 게 참 신기했다. 수업을 마치고 뚝섬 자취방에 돌아와 이 녀석들아, 하고 부르면 싱크대 밑에 숨었던 녀석들이 슬그머니 나와 내 양쪽 발등에 올라앉아 킁킁대는 것이었다. 주먹보다도 작은 녀석들은 놀라우리만치 먹보였다. 잠꾸러기였다. 오줌싸개이기도 했다. 둘은 한 달도 못 되어 어느 비 오는 새벽에 나란히 심장이 멎었다.

젖은 땅을 삽으로 피면서 얼마나 울었는지 모른다. 조그마한 종이 박스에 담고는 쌀, 백 원짜리 동전과 함께 묻었다. 그때까지 이름도 지어주지 못한 터라 나는 더욱 죄책감을 느꼈다. 이 가난한 친구들에게 내가 무얼 해줄 수 있을까? 무얼 해줄 수 있지? 나 역시 그들만큼 가난한 터라 달리 뾰족한 수가 없었다. 녀석들을 소재로 소설 한 편 쓴 게 전부였다.

묏자리가 좋았던지 그 소설로 등단했다.

세 번째는 고양이였다. 여자 친구와 함께 창동 지하철역에 갔는데, 구석에서 교복 입은 두 여학생이 박스에 담은 무언가를 팔고 있었다. 뭔가 들여다봤더니 새끼 고양이였다. 덩그러니 혼자 남은 꼴이, 저보다 예쁜 형제들은 이미 다 팔려나간 모양이었다. 이런 한심한 녀석 같으니라고. 그런데 얼마예요?

천 원 주세요.

나는 잠시 망설였고, 저를 보는 나를 보는 고양이를 보았다. 그리고 천 원을 내밀었다.

버리지 마세요.

박스를 안고 돌아서는 내 등에 대고 여학생들이 말했다. 천원은 그런 의미였다.

"방금 전에 네 표정이 어땠는지 알아?" 돌아오는 길에 여자친구가 한 말이었다. "얘기 다 끝났네, 하고 생각했지. 그냥 폭 빠진 눈빛이었어."

토끼의 일도 있고 해서, 제쳐놓고 이름부터 짓기로 했다. 당시 친하게 지내던 후배의 이름을 따 '성범수'라고 지었다.

성범수와 나는 꽤 잘 지냈다. 물론 완벽하지는 않았다. 범수는 이상한 곰팡이균의 숙주였는데, 그 발톱에 살짝 긁히기만 해도 상처에서 독버섯이 피었다. 가축병원에 데리고 가 황소에게 처방하는 항생제를 먹여보았지만 전혀 나아지지 않았다. 그래도 나는 범수를 좋아했다. 그는 정말 낙천적인 고양이였다. 담배를 피운다면 쿠바산産 시가를 피울 녀석이었다.

코앞의 고양이가 아니라 내 눈빛을 보던 여자 친구는 이태 후에 먼 나라로 유학을 떠났다. 나는 떠밀리듯 대학원에 진학했다. 외로움이 그리움보다 아팠던 이태를 보내고 우리는 헤어졌다. 그 계절에 나는 많이 앓았다. 성범수가 내 곁을 떠난 것도 그 무렵이었다.

"어항에 금붕어 한 마리가 둥둥 떠 있어도 맘이 쓰린데, 발 달린 짐승한테 정을 줘버리면 나중에 어떻게 감당하려고 그러니?"

아버지가 늘 하신 말씀이다. 일리가 있다. 동물을 좋아하는 마음만큼, 다시는 겪고 싶지 않은 일들이 많았다. 가능하다면 어떻게든 피하고 싶은 심정이다.

하지만 같은 이유에서, 그게 바로 반려동물이 존재하는 이유라고 나는 믿는다. 아무튼 우리는 끊임없이 다른 생명과 가까이 지내는 법을, 보살피는 방식을, 그리고 마침내 이별하는 자세를 배워야 하는 것이다. 그건 인생에서 의외로 중요한 작업이다. 어찌해볼 틈도 주지 않은 백 원짜리 병아리의 죽음을 맞아 화단 구석에서 치르는 조촐한 장례가 아이에게 가르쳐주는 건 달랑 백 원의 가치가 아니다. 세상은, 삶은, 저 무수한 부침과 굴곡은 조만간 사라져갈 체온을 닮았다. 그간 나누었던 체온을 떠올리는 일은 그간 살아왔던 나날을 돌이켜보는 일과 같다. 달리 말해, 체온을 나눈다는 건 곧 지금 여기를 살아간다는 의미다. 상대와 나 모두에게 생의 엄중한 감촉이며 관계의 부인할 수 없는 증거다.

지금 곁에는 나의 두 번째 고양이가 자고 있다. 부산의 친구 집에 놀러 갔다가 어어 하는 사이 업어 온 녀석이다. 자는 모습을 가만히 들여다보면, 시선이 느껴지는지 입 주위를 씰룩거린다. 등과 배를 살살 쓰다듬을 때는 더 세게 긁어달라고 뒤척이기까지 한다. 긁어주는 내 손이 더 신난다. 아, 얘도 살아 있구나. 이렇게 살아서, 제가 살아 있다는 걸 나한테 과시하는구나.

물론 나도 안다. 병 따위에 걸리지 않더라도 어쨌든 고양이의 생이란 인간의 것보다 훨씬 짧으니, 언젠가 외출에서 돌아왔을 때, 돌아와 그 친근한 이름을 아무렇지 않은 애정으로 발음할 때, 그러나 정작 내 귀에는 아무 대답도 들려오지 않고, 좀처럼 그 호피 무늬의 흔들림을 찾지 못하여, 의아하고 섭섭한 기분에 집 구석구석을 뒤져보다, 침대 밑이나 베란다 한쪽 어딘가에서 문득, 마치 내가 그 황홀한 잿빛 눈동자와 처음으로 맞닿았던 저 뜨거운 여름에 그러했듯이, 동그랗게 꼬리를 말고, 하지만 그보다는 훨씬 슬픈 자세로 차갑게 식어 있을, 그러한 내 오랜 친구와 마주칠 것임을 알고 있다. 틀림없이 그런 날이 닥쳐올 것임을 나는 잘 알고 있는 것이다. 이런 생각이 들 때마다 '작별'이라는 단어가 아프고 아파서, 곤히 자는 녀석을 깨워 품에 꼭 안고 뒹군다.

곤히 자던 녀석 입장에서는 좀체 달가울 리가 없다.

내 삶의 은인

'내 삶의 은인'이라는 주제로 글을 쓰려다보니 많은 분들의 얼굴이 떠올랐다. 그분들이 없었다면 나는 태어나지 못했을 거고, 태어나도 학교에 가지 못했을 것이며, 가더라도 퇴학당했을 것이고, 퇴학당하지 않았더라도 아무튼 졸업하지 못했을 것이다.

많은 분들, 하고 말을 꺼낸 주제에 얼렁뚱땅 학교 이야기로 새려는 이유는 단순하다. 내가 작가로 성장할 수 있도록 도와준 분을 소개해야 하기 때문이다. 그러니까 '내가 문맹이었던 시절에 글쓰기를 가르쳐주어 오늘날 되게 유명한 작가로 만들어주신 은인을 소개합니다'가 이 글의 주제다. 그런데 책걸상과 혼연일체가 되어 있던 시간을 제쳐두고서는 내가 누구한테 글 쓰는 걸 배웠는지 도무지 생각해낼 수가 없다. 그건 이유식을 시작한 원주 태장동의 옛집을 빼놓고는 내가 누구한테 숟가락 쥐는 법을 배웠는지 도무지 생각해낼 수 없는 것과 같은 이치다. 요컨대, 내가 글쓰기를 배운 건 학교였다. 국어 시간도 아니고 작문 시간도 아니었다. 그냥 학교에 머문 동안 글쓰기를 배웠다.

나는 초등학교에서부터 대학교에 이르기까지 초지일관 아주 평범한 학생, 그러니까 국어 시간에 수학 공부를 하고 생물 시간에 윤리 공부를 하는 학생이었다. 자리도 남들처럼 항상 중간에서 한 자리 뒤에 앉았다. 그쯤 앉으면 신분을 숨기기 좋았다. 그런데 나는 어릴 때 앓은 열병으로 청력이 몹시 안 좋았기에, 그 거리에서 선생님 말씀을 듣는다는 건 내면의 목소리에 귀를 기울이는 것과 마찬가지였다. 한참 동안 영어 숙어를 외우다가 목이 아파 문득 칠판을 보면 뉘신지 기억도 안 나는 선생님이 아름다운 화학식을 설명해주고 계셨다. 그러면 나는 누가 시키지도 않았는데 적극적으로 선생님이 하시려는 말씀을 지레짐작하고, 칠판의 화학식이 꼭 화학식처럼 생겼지만 사실은 발트해 연안의 지리며, 발트해 연안의 어느 궤짝에 숨겨진, 그러니까 세상에 아무도 모르는 전설이 얼마나 끝내주게 재미있을지 상상해보곤 했다. 말리는 사람이 없었으니 거기서 조금만 더 지나면 내 머릿속에서는 현란한 동방의 옷감으로 치장한 북유럽 공주와 탈착에 하루가 걸리는 철갑의 귀족이 튀어나와 서로 원망하고 그리워하고 짝짓기하며 세력을 넓혔다가 멸망했다. 당시의 급우들은 내가 화학 선생님의 미모에 넋이 나간 줄 알았다고 했다.

내게는 시험에 나오지 않는 것들만 골라 외우는 재주가 있었다. 희한한 건, 그때 외웠던 것들 대부분을 아직도 기억한다는 사실이다. 나는 획득형질이 유전된다고 잘못 주장한 라마르크의 용불용설을 외우고, 영문법에 어긋난다고 배웠지만 실제로 미국

에 가보니 다들 일상적으로 쓰고 있는 문장을 외우고, 고등학교 2학년 중간고사의 일본어 시험문제 1번의 답이 왜인지 'おやすみなさい(안녕히 주무세요)'가 아니었다는 걸 외운다. 이 모든 게 선생님 말씀을 잘 듣지 않은 결과였다. 그래서 후회한다는 얘기가 아니다. 아무리 노력해봤자 어차피 들을 수 없었으니까. 게다가 그동안에 나는 꽤 열심히 다른 짓을 하고 있었다.

나는 학교에 머무는 대부분의 시간에 학과 공부 외의 다른 일을 했다. 본드를 불거나 여학생과 어울렸다는 말이 아니다. 그런 쪽과는 거리가 멀었다. 특히 본드 부는 일에 젬병이었다. 나는 하루 종일 몽상에 빠져 지냈다. 왜 정치인들은 돈이 많이 들고 당선될 가능성도 낮다는 걸 빤히 알면서 선거에 나올까? 왜 소방관들은 월급도 적고 휴일도 적고 게다가 위험하기까지 한 직업을 택했을까? 왜 나는 비싼 돈 내고 학교에 와서 이런 생각이나 하고 자빠졌을까?

세상에 대한 이해가 깊지 못하고(지금은 깊다는 말이 아니다) 남의 입장을 고려하지 못하고(왜 해야 하는가) 만물의 원리에 대해 제대로 된 설명을 해내지 못하던(사실은 안 한 것이다) 그런 시절에, 난 나의 지적 결핍을 지레짐작 또는 억지 해석으로 메우려 애썼다. 그러니 내 글쓰기의 스승이라고 한다면 그런 나를 밟지 않고, 자신의 모범 세계로 끌어당기지 않고, 저 미친놈 보라며 손가락질하지 않은 모든 분들이 될 것이다. 모진 훈육도 가끔 그러는 모양이지만, 때론 넉살 좋은 방관이 한 사람의 인생을 그럴

듯하게 쌓아올려 주기도 한다.

어쩌면 이 모든 말은 변명, 그러니까 내 스승이 누군지 잘 모르겠기에 나온 변명일 수 있다. 하지만 어쩌겠는가, 나로선 전술한 시간을 공유한 모든 분들 가운데에서 한 명을 콕 찍어낼 수가 없다.

배경으로서의 고향

오래전의 일이다. 미국 라스베이거스에서 제이크라는 체로키 인디언이랑 알고 지낸 적이 있다. 우리는 같은 식당에서 일했고 같은 게스트하우스에 묵었으며 둘 다 질이 나쁜 거지였다. 버번위스키와 해시시에 찌들어 살던 그는 잠들기 전이면 항상 제 고향 레이크 파월에 관해 말하곤 했다. 얼마나 지겹게 고향 타령을 늘어놓았던지, 2년쯤 지나 그랜드캐니언에 간 김에 잠깐 들렀을 때에는 이미 몇 번 와본 것 같은 착각에 빠질 정도였다. 그런데 보트를 타고 여기저기 돌아다니며 제이크가 한 말을 떠올리자니 무언가 이상한 기분이 드는 것이었다. 거기에는 고향에 대해 말할 때 우리들이 늘 하는 어떤 이야기가 빠져 있었다.

나는 어릴 때 춘천 효자동에서 외할머니와 함께 살았다. 외할머니가 나를 키워주었다고 생각하지 않는다. 외할머니는 내 친구였다. 외할머니의 친구도 내 친구였다. 나는 6·25를 겪은 친구들 틈에서 자랐다.

유치원에 가서는 몸이 근질근질한 나머지 급우들과 자주 싸웠다. 물론 늘 이긴 건 아니었다. 특히 오랑우탄처럼 생긴 한 녀석에게 많이 두들겨 맞았는데, 그 아이는 체격이 엄청난 데다 나이까지 한 살 많아서, 왜 태릉선수촌에 가지 않고 유치원에 자빠져 앉아 동요나 흥얼거리는지 알 수가 없었다. 견디다 못해 하루는 아침밥을 먹다가 눈물을 줄줄 흘리며 유치원에 가지 않겠다고 떼썼다. 외할머니는 그날 오후, 유치원이 끝날 때까지 기다려 집으로 돌아가는 녀석을 불러 세워서는 한 번만 더 까불면 궁둥이를 때려주겠다고 협박했다. 녀석은 그 자리에서 엉엉 울었다. 외할머니가 이겼다. 그건 내가 이긴 거나 다름없었다.

나는 유치원에서 돌아오기만 하면 외할머니를 붙잡고 앉아 점심에는 무얼 먹었고 누구와 싸웠으며 근소한 차이로 내가 이겼거나 혹은 죽도록 맞았지만 어쨌든 내가 이긴 거와 별반 다르지 않다는 등의 소리를 지껄였다. 어쩌다 맛있는 급식이 나오면, 음식 이름은커녕 똥인지 된장인지도 구분하지 못하는 나를 위해 외할머니는 왕복 40분을 넘게 걸어 유치원에 가 조리사에게 물어오곤 했다. 한번은 짜장덮밥이었는데, 훗날 서울에서 대학을 다니던 내가 방학을 맞아 춘천에 가면 꼭 짜장을 냄비 가득 만들어주었다.

나는 조숙한 편이라 무리하게 이것저것 사달라고 요구하지 않았다—십중팔구 그랬을 것이다. 하지만 갖고 싶은 건 반드시 가져야 했다. 그렇지 않으면 식음을 전폐하고 보란 듯이 고열에 시달렸다. 하루는 두 개의 다이얼을 조절해 금가루가 든 안쪽 유리에 그림을 그리는 장난감을 보고 그게 두뇌 개발에 유용할 거라 생각했다. 외할머니와 나는 문방구마다 들렀지만 그걸 파는 곳이 없었다. 게다가 비까지 추적추적 내리기 시작했다. 외할머니는 나를 업어 겉옷으로 덮어씌운 후 8호 광장, 춘천여고, 도청 앞길의 모든 문방구점을 뒤졌다. 나는 반쯤 졸면서 겉옷 사이로 "그거 아니야", "이기보다 디 기" 따위의 말을 잠꼬대처럼 중얼거렸다. 그리고 명동 거리의 작은 문구점에서 마침내 찾아내었다. 잔뜩 신이 난 나는 비에 젖어 오들오들 떨고 있던 외할머니를 껴안았다. "오마나." 외할머니가 눈썹을 치켜올려 눈을 동그랗게 만들며 감탄하듯 말했다. "그러니까네, 요게 갖구 싶었던 거이가?"

그 느릿느릿한 이북식 말투에서 전해오던 체온을 내 가슴은 한시도 잊어본 적이 없다.

우리는 많은 길을 함께 걸었다. 우리는 조용히 걷는 법이 없었다. 작은 소리로 끝없이 얘기를 나누었다. 무슨 말을 했는지는 잊었다. 이제 나는 그걸 영원히 알 수 없다. 외할머니가 이 세상에 안 계시기 때문이다.

중국의 대학에서 근무하던 2007년 말에 아버지께 전화를 받았다. 외할머니가 병원에 입원했는데 위독하다는 것이었다. 당황스러웠다. 첫 학기를 진행하는 중이었고, 게다가 학기 말이라 수업을 뺄 여유가 없었다. 나는 알겠다고, 계속 연락을 달라고 부탁했다. 아버지는 이틀 후에 다시 전화해서 할머니를 중환자실로 옮겼다고 말했다. 나는 고민했다. 외할머니가 아프면 나는 당연히 가야 했다. 하지만 그게 말처럼 쉬운 일이 아니었다. 게다가 중국 사립대학의 그 꽉 막힌 행정 체계 때문에 더 망설여졌다. 나는 일단 기다릴 수밖에 없었다. 아버지의 전화는 며칠 간격으로 계속해서 걸려왔다. 상태가 좋아져 일반 병동을 거쳐 노인전문병원으로 옮긴 일, 상태가 악화되어 또 중환자실로 간 일, 다시 좋아져 일반병동으로 옮긴 일……. 외할머니의 병세는 급격한 그래프를 그리며 좋아졌다 나빠졌다 반복하고 있었다. 상태가 조금 나아지면 집에 가겠다고 고집까지 부리셨다 한다. 나는 아버지에게서 전화가 올 때마다 반쯤 얼어진 마음으로 받았다. 전화를 끊고 한참 뒤, 천 명이 넘는 학생들이 우글대는 구내식당에서 마파두부덮밥을 먹다가 갑자기 눈물을 뚝뚝 흘린 적도 있다. 예나 지금이나 뭘 먹다가 우는 버릇은 고치지 못했다.

며칠 후 수업 중간의 휴식 시간에 다시 아버지 전화를 받았다. 중국 대학에 기증하는 한국 도서에 관한 건조한 이야기가 짧게 오갔고, 이어 외할머니가 다시 중환자실로 갔다는 소식을 들었다.

뭐에 홀렸는지 모르겠다. 아버지의 말투는 전과 똑같았고, 그러니 내 반응 역시 전과 똑같아야 했다. 하지만 그 순간에는 나도 모르게 "지금 바로 갈게요" 하고 말해버렸다. 어째서 일이 그리 신속히 결정되었는지 나는 아직도 이해할 수가 없다. 거기에는 아마 사람의 논리로 설명하거나 납득할 수 없는 영적인 부름 같은 게 있지 않았을까 짐작해볼 뿐이다.

조교를 불러 자습을 부탁한 후 숙소로 돌아왔다. 학과장한테 전화해 외할머니의 병환 때문에 귀국해야 한다고 알렸다. 그는 잠시 당황해하더니, 일단 그렇게 하라고 허락해주었다. 그가 허락하지 않았더라도 나는 귀국했을 것이다. 다만 그랬을 경우, 맹세코 다시는 중국 대학으로 돌아가지 않았을 것이다. 학교 눈치를 보며 그만큼 머물러 있던 것만으로도 충분히 죄책감에 시달렸기 때문이다.

곧바로 광저우로 가는 버스를 탔다. 도착하니 밤이었다. 적당한 호텔을 잡고는 네 시간을 잤다. 그리고 새벽에 일어나 공항으로 향했다. 한국에 도착한 건 이튿날 오후 1시였다. 서울의 거처에 들러 옷을 갈아입고 춘천에 갈 채비를 했다. 나는 걱정스러웠다. 내가 도착하기 전에 돌아가시면 어떡하나? 아니, 어쩌면 내가 도착하자마자 돌아가시는 게 아닐까? 나는 후자 때문에 조금 더 게으름을 부렸다. 그래서 춘천에 도착한 건 오후 7시가 지나서였다.

병원에 들어서며 나는 무척 겁이 났다. 외할머니가 떠나면, 그 순간 내 세계는 극명하게 이쪽과 저쪽으로 나누어지게 될 것이다. 내가 그걸 감당해낼 것 같지 않았다. 병상에 누운 외할머니의 얼굴은 빈사의 병아리처럼 초라했다. 어머니가 외할머니의 머리카락을 쓰다듬으며 형서가 왔어요, 하고 중얼거렸다. 하지만 외할머니는 눈을 뜨지 못했다. 산소마스크를 쓴 탓에 내 이름을 부르지도 못했다. 나는 반대편으로 돌아가 바싹 마른 손을 잡고는 저 왔어요, 하고 중얼거렸다. 외할머니가 힘겹게 고개를 움직였다. 그 앙상한 육신 속에서 나를 향한 의지가 느껴졌다. 그러나 우리의 두 눈은 끝내 서로에게 가닿지 못했다. 그때 내가 잡고 있던 외할머니의 오른손이 특정한 움직임을 보였던가? 내가 그걸 직감적으로나마 알아차렸던가? 외할머니가 아주 잠깐 그 주름진 눈꺼풀 사이로 나를 보았던가? 얇고 가느다란 전언 한 줄이라도 우리 사이에 흘렀던가? 이제 나는 모르겠다. 나는 그걸 영원히 알지 못할 것이다. 그 30분 후 외할머니가 돌아가셨기 때문이다.

나는 식당과 영안실을 왕복하며 이런저런 일을 처리했다. 조카들에게 잔소리를 퍼붓고, 문상객을 위해 음식을 주문하고, 부조금의 액수를 계산했다. 잠시도 눈을 붙일 수가 없었다. 너무 고단해서 눈을 감는 순간 깊이 고꾸라질 것 같기 때문이었다. 내 셔츠는 마를 새가 없어서, 어쩌다 영안실 바깥으로 나갈라치면 땀이 얼어 살을 아프게 했다. 나는 최선을 다했다. 그러면서 오래전 외할아버지의 장례를 치르며 외할머니가 보여주었던 저 기이한 태도, 가만히 앉아 슬퍼하기보다는 미친 듯이 일을 찾아다니던 그 행동을 내가 흉내 내고 있구나 하고 생각했다. 어찌할 수 없는 슬픔을 잊기 위해서는 남의 따뜻한 위로보다는 그처럼 스스로의 육신을 정신없이 몰아세우는 방식이 더 효과적이었다. 장례가 모두 끝났을 때에는 눈을 뜰 기력조차 남아 있지 않았다.

춘천이 아름다운 도시임은 굳이 말할 필요가 없을 것 같다. 한국의 많은 연인들에게 춘천은 곧 낭만을 의미한다. 청평사, 소양강댐, 막국숫집이나 닭갈빗집, 혹은 드라마의 촬영지를 찾아 연일 많은 사람들이 춘천행 열차를 타거나 경춘가도를 달린다. 낮게 깔린 산들과 호수를 낀 도로, 한적한 강과 댐을 둘러보고 사진을 찍는다. 한국에서 그만큼 많은 이들의 사랑을 받는 도시도 드물 것이다.

하지만 춘천이라는 지리상의 좌표, 그 산하만으로는 부족하다. 세상에는 그보다 훨씬 아름다운 마을이 널려 있다. 춘천이 핀우린, 라호이아, 팔라우보다 아름답다고 할 때 그 말은 객관적인 증거를 토대로 한 비교가 아니라 춘천은 가졌고 다른 곳은 갖지 못한 모종의 특별함을 호소하는 것이다. 특정 지역의 아름다움은 종종 겉으로 드러난 풍광보다는 그 풍광을 배경처럼 거느린 추억으로 인해 우리 안에 각인된다. 그리고 추억은 깊고 친밀한 감정의 교류 없이는 좀처럼 만들어지지 않는다. 내게는 외할머니가 곧 춘천이었다. 그분과 함께한 시간을 제외하면 나에게 춘천은 아무것도 아니다. 내 삶의 지도에서 그 자리는 뻥 뚫리게 될 것이며, 다른 무엇으로도 메울 수 없을 것이다.

과거의 어느 날, 레이크 파월의 거울 같은 수면을 미끄러지면서 내가 이상하게 생각한 건 바로 그 점이었다. 왜 제이크는 가족 얘기를 하지 않은 걸까? 왜 친구며 이웃의 얘기를 빼먹은 걸까? 그런 게 없으면서도 고향이라 말할 수 있을까? 그래도 여전히 고향을 그리워한다고 넋두리를 할 수 있는 걸까? 이런 의문을 품고서 나는 당시의 외할머니, 아직 씩씩하게 걷고 매년 엄청난 분량의 김장을 하며 나와 함께 이런저런 속삭임을 끊임없이 주고받던 외할머니를 떠올렸다. 고향인 춘천을 설명할 때 그 분을 빼놓고 말한다는 건 내게는 불가능한 일이기 때문이었다.

외할머니는 2007년에 돌아가셨다. 그래서 나는 2007년 전에는 몰랐던 것을 알고 있다. 이제 다시금 레이크 파월에서의 짧았던 며칠을 회상하면서, 내 거지 동료가 고향을 말하던 저 어색한 방식에 의아해하는 대신 그 역시 마찬가지였을 것이라 짐작해본다. 제이크 또한 고향의 누군가에 대해 깊이를 가늠할 수 없는 추억이 있되, 그저 타향의 술자리에서 함부로 밝히기 싫었을 뿐이라고 말이다. 그런 생각이 들 때마다 두툼한 늑대 가죽옷을 입고 머리엔 독수리의 깃털로 된 장식을 단 채 외손자에게 선물할 백인의 머리 가죽을 찾아 야호, 야호 신나게 레이크 파월을 누비는 젊은 외할머니, 그리고 버번위스키와 해시시가 뭔지도 모르는 귀여운 꼬마 인디언 제이크가 떠오르곤 한다.

왕십리의 푸른 밤

검색창에 '부귀집'이라 쓴 후 엔터키를 눌렀다.

뜻밖에도 오래된 문서 몇 편이 검색되었다. 부귀집을 욕하는 글도 있었고 부귀집을 추켜세우는 글도 있었다. 욕하는 글은 입구에서부터 풍겨오는 무지막지한 누린내, 도대체 숨길 생각을 안 하는 다량의 조미료, 굶주린 죄인을 꾸짖는 ~~판검사~~ 난닝구 아저씨의 까칠함 등 근거가 분명한 데 반해 추켜세우는 글은 별 근거가 안 보였다. 한양대 90년대 초반 학번으로 짐작되는 그들은 부귀집이 곧 사라지리라는 사실을 모르고 있었다.

나도 그랬다.

닭개장도 팔고 순댓국도 팔았지만 내게는 닭곰탕뿐이었다. 김이 모락모락 오르는 뚝배기, 고명처럼 얹은 다진 양념을 반쯤 덜어내고 휘휘 저어 한 숟가락 입에 넣으면 그렇게 안심이 될 수가 없었다. 졸업하고 나서도 곧잘 들렀다. 맛은 한결같았다. 한결같은 조미료를 써서 그런 모양이었다.

2009년의 일이다. 오랜만에 국문과 후배를 만나 왕십리로 향했다. 둘 다 닭곰탕 한 그릇씩 해치울 생각에 의기가 충천해 있었다. 우리는 한눈 안 팔고 똑바로 걸었다.

그런데 없었다. 사시사철 24시간 불을 밝히던 부귀집이 거기에 없었다. 있으리라 생각했던 자리는 가로등 불빛이 닿지 않아 침침했다. 지형도 어색하게 바뀌었다. 본디 부귀집은 경사진 도로 안쪽 옹벽을 끼고 푹 들어간 곳에 위치해서 홍수가 나면 본격 저수지 역할을 담당했다. 그런데 그 부분이 평평하게 다져져 있었다. 그러고 보니 뒤쪽은 아예 공사판이었다.

나는 황망하여 잠시 서 있었다. 내 표정을 살피던 후배가 부지런히 돌아다니며 부귀집 행방을 탐문했다. 어디 가까운 곳으로 이사를 간 게 아닐까 해서였다. 대부분 모른다고 했다. 조금 떨어진 다른 식당에서 마침내 대답을 들었다.

"그 집, 할머니 돌아가시고 좀 있다 장사 접었어잉. 어딘가에 빌딩 사서 잘 지낸다고 하던데잉."

후배는 내가 '울 것 같은 얼굴'이었다고 했다. 그 말은 사실이 아니며, 설령 사실이라 하더라도 배가 너무 고파서가 아니었다. 국밥 한 그릇 꼭 해치우고 싶어서가 아니었다.

한 시대가 가만히 드러눕는 소리 때문이었다.

나는 이십 대의 거의 전부를 그 언저리에서 보냈다. 대성식당에서 주문 후 15초 만에 나오는 미스터리 순두부찌개를 먹었고 한양뷔페에서 폐타이어 같은 순대를 안주 삼아 막걸리를 마셨고 마기집에서 저작근이 붓도록 오돌뼈를 씹었으며 진사로에서 졸아든 부대찌개에 소주를 들이켰고 부귀집에서 닭곰탕을 해치웠다. 이렇게 말하고 나니 순 먹고 마신 기억밖에 없어 보이는데, 아닌 게 아니라 정말 그랬다. 그 개떡 같은 음식들은 당시의 내 몸과 마음을 조금씩 약탈하는 한편으로 완전히 멸망하지 않도록 시병해주었다. 나는 왕십리에서 그런 식으로 살아남았다. 그런데 대성식당을 필두로 내 이십 대의 증거들이 하나씩 사라지더니, 종내는 부귀집마저 떠난 것이다. 슬펐다기보다는 놀라웠다.

우리는 돌아갈 수 없는 순간에 둘러싸여 살아가면서도 그 비정함을 모른다. 이 무지는 한편으론 다행스럽기도 한데, 덕분에 뺨에 묻은 보석을 놔두고서 기꺼이 불확실성 속으로 뛰어들기 때문이다. 만약 그 겨울로 끝이라는 걸 미리 알았더라면 나는 춘천의 그분 곁을 떠나지 않았을 것이다. 저 눈이 동그란 고양이도 꼭 붙들고 놔주지 않았을 것이다. 부귀집의 지박령이 되어 삼시 세끼 닭곰탕만 섭취했을 것이다. 평생에 걸쳐 토로할 싱거운 후회 대신 그렇게 값비싼 젊음을 낭비했을 것이다. 그러나 다들 알다시피 인생은 그리 반듯하지도, 지루하지도 않다. 삶은 스스로 풍요로워지기 위해 일정한 작별을 요구한다.

웹페이지에서 부귀집이 영업하던 시절의 사진 몇 장을 발견했다. 주인 할머니의 얼굴도, 그 사위인 ~~판검사~~ 난닝구 아저씨의 뚱한 얼굴도 보였다. 너무 낯익은 장면이라 마음이 뜨거워졌다. 어쩌면 나는 사진이 붙들어 맨 바로 그 순간에도 저 후미진 구석 테이블에 앉아 있었을지 모른다. 누린내 가득한 국밥에 코를 처박고서 불안과 외로움과 낙담과 또 뭐냐 아무튼 인생에 도움이 안 되는 온갖 청승을 다 떨어대며 혼자 소주를 마시고 있었을지 모른다. 이렇게 생각해보면 어쩐지 그날 부귀집을 에워싼 왕십리의 밤은 지금의 나로선 감당할 수도 없을 만큼 시퍼렇게 빛나고 있었을 것 같다. 작별한 시간은 어디론가 사라지는 대신 그렇게 켜를 이루어 옆에 눕는다.

어떤 청춘의 기억

수중에 돈과 음식이 떨어졌고 가족과는 사소한 다툼이 있었다. 나이도 벌써 스물넷이나 되었던지라 이래저래 자존심이 상한 나는 뚝섬 자취방에서 광합성을 하기로 결심했다. 개학하여 누구에게라도 빌붙기까지는 무려 나흘이 남았지만, 내 무모한 청춘은 그런 계산에 서툴렀다.

첫날은 그저 그랬다. 제일 친한 동기가 일본 여행을 떠나 개강하고도 이틀 후에나 귀국한다고 했다. 일본이라니까 초밥과 우동이 떠올랐다. 날이 어둑어둑해지자 곧바로 이불을 깔고 잤다. 밤중에 잠깐 깨어보니 고양이가 벌써 가출하고 없었다.

이튿날 느긋하게 일어나서는 '그 수영복만 사지 않았어도' 따위의 철 지난 후회를 하며 종일 누워 지냈다. 하숙촌 골목마다 저녁 익어가는 냄새 속에서 위장이 입을 열어 충고했다. 부모님께 전화해 싹싹 빌라고 충고했다. 날 뭐로 보고 그딴 개소리를 하냐며 화냈다. 굶으면 분노 조절이 어렵다는 사실을 그때 알았다. 체지방을 유지하기 위해 가만히 누워 있었다. 먹고 싶은 음식의 목록을 50개쯤 나열하다가 이게 바로 정서적 자기 학대구나 하는 생각이 들어 그만두었다. 그날 밤이 가장 견디기 힘들었다. 탈이 났는지 종일 화장실에 들락거렸다.

새벽에 고양이가 돌아와 빈 밥그릇을 노려보더니 다시 나갔다. 어학연수를 떠난 여자 친구에게서 전화가 왔는데, 설로인 스테이크가 그렇게도 맛있다는 것이었다.

아, 정말?

아침에 일어나 물을 잔뜩 마셔보았으나 허기는 가시지 않았다. 밥이 없어 물로 배를 채웠다는 식의 회고담은 전부 거짓이다. 배는 물로 채워지지 않는다. 비싼 밥 먹고 그런 거짓말하는 사람들이 하도 얄미워서 눈물이 났다. 엎드려 방바닥을 긁다가 손톱이 부러졌다. 사실은 그냥 길어서 부러진 거지만, 나는 충격 속에서 죽음의 공포를 느꼈다. 김밥 단면의 알록달록한 이미지가 밤늦도록 머리에서 떠나지 않았다.

그렇게 사흘이 지나면서는 너무나 홀가분해진 나머지 공중부양이라도 할 것 같았다. 위장은 이미 무감각해져 있었다. 냉장고를 봐도 무언가 먹고 싶다는 갈망이 생기지 않았다. 열반이 가까워온 게 틀림없었다. 잠은 오지 않았다. 정신이 이슬처럼 맑디맑았다. 가출한 고양이를 포함해, 무정한 가족을 이제 그만 용서하고픈 마음이었다. 그러다 문득 정신을 차려보니 냉장고를 네 시간이나 쳐다보고 있었다.

청춘은 시간보다는 경험일 것이다. 단순히 특정 연령대를 가리키는 게 아니라 뚱딴지같은 분노와 신앙에 가까운 고집과 허망한 굴복의 더께를 일컫는다. 스물네 살의 나는 알량한 자존심 좀 지켜보겠다고 생고생을 자초했다. 그런 주제에 개강일 꼭두새벽부터 동아리 방에 앉아 물주를 기다리는데, 이윽고 친한 선배가 나타나더니 정답게 말을 걸었다.

"보자 보자, 혹시 돈 좀 있니? 어젠 종일 굶었지 뭐냐."

이 샛노란 광경이 청춘이 아니라면 뭐가 청춘이란 말인가?

인생을 다시 산다면•

"다음번에는 더 많은 실수를 저지르리라"는 인상적인 문장으로 시작하는 시가 있다. 인생을 다시 살게 된다면 더 많이 도전하고, 더 많이 놀고, 더 많은 기회를 잡으며, 더 자주 즐기고 싶다는 소망이 피력된 글이다.

그래, 인생 뭐 별거 있겠는가? 돌이켜보면 그간 나는 너무 경직된 자세로 살아왔다. 잊을까봐 상시 메모지와 보이스레코더를 휴대했고, 지각할까봐 택시에 탄 채로 발을 동동 굴렀다. 끊임없이 울려대는 알람 소리에 경기를 일으키면서도 '한 번만 실수하면 난 끝장이다'라는 긴장감에 짓눌려 살아왔다. 주위 사람들 모두 내가 엎어지기만을 기다린다고 생각했다. 그처럼 제국을 경영하는 마음가짐으로 살다보니 스트레스가 쌓일 수밖에 없는 노릇이었다. 머리숱은 자꾸 줄어들고, 아직 사십 대인데 피부가 오십 대처럼—그러니까 두 살 더 많아 보였다. 하지만 곰곰

• 「If I could live my life again」, 미국 켄터키 주에 살았던 나딘 스테어의 글.

이 생각을 해보면 세상에는 정말로 심각하게 받아들여야 할 일이, 정색하고 대결해야 할 일이 그리 많지 않다. 조금 더 느슨하고 약간 더 넉넉하게 살아도 괜찮은 것이다. 계획을 세우는 일에 바빠 놓쳐버린 여행의 기회가 얼마나 많았던가. 망설이느라 떠나보낸 인연이 얼마나 많았던가.

여유롭게 살기로 결심했다.

막상 실행해보니 그리 어렵지 않았다. 긴장만 살짝 풀면 그만일 뿐. 소지품을 깜빡하거나 자외선차단제를 안 바르고 나다녀도 무슨 큰일이 벌어지진 않았다. 반면에 마음은 훨씬 편해졌다. 전에 느껴보지 못한 평화였다.

그게, 딱 5일 동안의 평화였다.

6일째 되던 날 지갑을 잃어버렸다. 두 종의 신분증, 세 종의 신용카드, 두 종의 멤버십 카드가 들어있었다. 현금도 꽤 있었다. 모두 날아갔다. 마음이 아팠다. 하지만 그것들은 쉽게 다시 구할 수 있는 것들이거나 사소한 손실에 불과해서, 평화의 대가로 충분히 지불할 수준이었다. 그런데 이틀 뒤 휴대폰을 분실했다. 각종 메모를 비롯해 대략 세 달 후의 스케줄까지 빼곡히 저장되어 있었다. 크게 망한 것이다. 심지어 그게 끝이 아니었다. 다시 사나흘이 지나 대학원 종합시험을 감독하고 돌아오는 길에 어느 평론가 부부를 만나 함께 술을 마셨는데, 이튿날 일어나보니 답안지가 가득 든 가방이 어디론가 사라져 있었다. 그대로 잃어버릴 경우 석·박사과정 대학원생 수십 명의 학위논문 프로

세스가 최소 한 학기 멈춰버리게 된다. 머리카락이 곤두선 채로 뛰쳐나가 지난밤 이동 경로를 샅샅이 뒤졌다. 신분증도 떠나가고 휴대폰도 날아간 판이라 일이 갑절로 어려웠다. 우여곡절 끝에 가방을 찾아 무거운 마음으로 돌아왔다. 아직 사십 대인데 거울에 비친 피부가 오십 대처럼—그러니까 두 살 더 많아 보였다. 자외선차단제를 안 바르고 쏘다닌 대가였다.

원래대로 살기로 했다.

긴장과 안달복달과 근심 걱정이 마음에 들지는 않지만 별도리가 없다. 그동안 내린 모든 선택들이 빠짐없이 모여 오늘을 구현하는 것일 텐데, 하루아침에 갑자기 기억상실증에라도 걸린 양 타인의 좌표를 바라보는 건 내 지문이 또렷하게 묻은 사적인 세월과 그리고 무엇보다도 나 스스로에 대한 기만일지 모른다. 게다가 설령 새로 시작할 기회를 용케 잡았다 한들 환경과 상황이 전과 동일하다면 나로선 매 순간 조바심 속에서 역시 지금과 똑같은 일상을 반복할 수밖에 없지 않겠는가. 여덟 살 꼬마 시절에 번데기와 붕어빵 사이에서 벌인 긴 갈등과 과감한 선택과 땅을 치는 후회는 어쨌든 당시의 나로선 최선이었고, 다 늙은 나이에 느닷없이 초등학교 앞 노점상에 뛰어들어 꼬마를 대신하는 건 반칙이다. 그러니 켄터키의 꼬부랑 할머니가 시간의 비가역성을 거슬러 저 탄식 같은 공상에 빠졌던 까닭은 지나온 삶을 부정해서가 아니라 끝내 한 번뿐일 수밖에 없는 삶에 대한 애착이 몹시도 깊었던 탓이라고 나는 추측해본다.

청소 당번

집안 사정으로 여러 도시를 전학 다녔기 때문에, 가장 오래된 친구라 해도 초등학교 6학년 때 급우가 고작이다. 그나마 졸업하고 뿔뿔이 흩어졌다가 한참 후에야 만났다. 나는 혼잡한 서울의 거리에서 우두커니 약속 시간을 기다리던 그 여름밤의 떨림을 기억한다.

그들에게서 예전의 모습을 찾기란 쉬운 일이 아니었다. 그럼에도 옹기종기 한자리에 모이니 초등학교에 함께 다니던 80년대식 분위기에 금세 젖어들었다. 우리는 밥을 먹고 술을 마시며 어쭙잖게 늙은이 행세를 했다. 어떤 친구는 말끝마다 세월이 참 빠르다고 덧붙였다.

우리 모두가 서른이 되던 해였다. 조금씩 술자리가 무르익자 나는 17년이라는 시간이 가져다준 어색함을 털어내고 친구들의 얼굴을 자세히 들여다보았다. 이름을 부르고, 오래전 별명을 불렀다. 쩨쩨한 다툼의 기억을 부풀리고, 또 촌스러운 연애 사건도 떠벌렸다. 그러던 중에 문득 그 시절 가장 친했던 친구가 보이지 않는다는 사실을 깨달았다.

그의 이름은 진우였다. 학급 반장을 하던 진우는 시골뜨기 전학생이었던 나에게 다가와준 첫 급우였다. 우리는 금세 친해졌고, 늘 어울려 다녔다. 초식동물처럼 예민했던 나에 비해 진우는 사교성이 풍부한 아이였다. 내가 오랜 세월이 지나 초등학교 동창들과 자리를 함께하게 된 건 사실 진우 덕분이라 볼 수 있다. 그런데 정작 그가 모임에 나오지 않은 것이었다. 나는 아이들에게 진우에 대해 물었고, 다음 모임에는 그 녀석도 함께 보면 좋겠다고 말했다. 그러다 놀라운 이야기를 들었다. 고등학교에서 총학생회장을 하던 진우가 우리 세대 모두에게 깊은 상처로 남아 있는 어느 사태에 항의하여 침묵시위를 주도하다 결국 퇴학당했다는 것이었다. 걔는 그럴 만하다, 하고 나는 무심결에 중얼거렸다. 진우는 원래 그런 성품의 아이였으니까, 옛날에 학급 반장을 할 때도 그랬으니까. 동창들에게 연락처를 물어보자 이러한 대답이 들려왔다. “똑같아. 집도 그대로고, 번호도 바뀌지 않았어.”

당시 지방에 살고 있던 관계로 모임에 자주 나가지 못했다. 그러다 한 동창에게서 다음 모임에는 꼭 나오라는 전화를 받았다. 그럴 여유가 없었음에도 불구하고 일정을 취소해가며 서울행 기차를 탄 건, 전적으로 진우 때문이었다. 내게 연락을 한 동창이 그날 진우도 참석하리라 알려주었던 것이다.

진우는 먼저 나와 있었다. 조금은 거칠어진 손을 잡으며 반가워하다가 녀석의 담담함에 무안해했던 기억이 난다. 학원에서 아이들을 가르치며 국가고시를 준비하고 있다던 진우는 농담을 많이 했다. 그 농담들은 재미있었다. 내가 소설가가 되었다고 하자 진우는 또 농담을 했다. 그 농담도 재미있었다. 그러나 그가 한 대부분의 농담은 다름 아닌 자기 자신에 대한 것이었다. 마치 내가 한 대부분의 말들이 우리가 아닌 나에 관한 이야기였던 것처럼.

조금씩 술에 취하면서 진우의 농담은 슬그머니 노골적이고 자조적으로 변해갔다. 그러다 어느 순간, 먼저 가보아야겠다며 일어섰다. 우리가 나눈 마지막 인사로 그가 오래전 결혼을 했고 아이까지 두고 있음을 알았다.

그날의 만남은 기대했던 만큼 정겹지 않았다. 돌아오는 기차에서 나는 조금 맥이 풀렸던 것 같다. 나를 대하는 진우의 무덤덤한 태도에 부아도 조금 났었던 것 같다. 생각해보면 진우의 쉴 새 없던 농담 속에는 혈색이랄 게 별로 느껴지지 않았다. 17년이라는 세월이 사람을 다치게 할 작정이었다면, 아마 진우처럼 착하고 똑똑한 녀석에게 먼저 덤벼들었을 것이다.

의례적인 대화를 나누었던 그날 이후로 진우는 모임에 다시 나오지 않았다. 친구들 사이에 여러 불량한 추측들이 떠돌았다. 그것들은 내 기억 속의 진우에게 어울리지 않았으므로 모두 틀렸다고 나는 단언했다. 왜 내게 연락을 하지 않는지, 왜 모임에 안 나오는지 알 수는 없었지만 말이다.

그러던 어느 날, 무언가를 찾던 중에 오래된 사진첩 사이에서 낡은 노트를 발견했다. 초등학교 때 쓰던 일기장이었다. 키득거리며 일기장을 뒤적이던 나는 그 시절에 써놓은 짧고 유치한 글 한 편을 읽게 되었다. '청소 당번'이라는 제목을 달고 시의 형식을 빌린 그 글은 대강 다음과 같았다.

오늘은 내가 당번, 진우도 남고
내일은 진우가 당번, 나도 남고
남고 남고……

그 밤에 나는 잠을 이룰 수가 없었다.

당시 우리는 정말 그런 사이였다. 내가 청소를 하게 되면 진우가 남아서 나를 기다려주었다. 진우가 청소를 하게 되면, 이번에는 내가 남아서 진우를 기다려주었다. 진우가 연락하지 않는 이유를 알 수 없다고 한 건 거짓말이었다. 알고 있었는데, 다만 들추는 게 겁이 났을 뿐이다.

멀리 헤어질 때 우리는 열세 살이었다. 그리고 서른에 다시 만났다. 진우가 저 먼 도시에 외롭게 묶인 채 십 대와 이십 대를 치열하게 싸우고 사랑하고 아파했는데, 어찌 이제야 불쑥 나타나 차가운 손을 내밀며 내가 너의 오랜 친구라고 무례를 떨 수 있단 말인가? 진우가 고개를 돌린 건 그 때문이었을 것이다.

나는 침대에 맥없이 누워 옛 교실의 마지막 기억을 더듬어보았다. 그날은 너와 나 가운데 누가 청소 당번이었나. 청소가 끝나길 기다리며 가만히 벽에 기대어 책가방 두 개를 들고 있던 건 우리 중 누구였나.

누가 아직 거기 남아 있는가.

먼 운동장과 방과 후의 하늘을 보는 사이 너무 많은 시간이 흘렀다. 아이들이 모두 떠나간 교실은 어둡고 조용하다. 나는 친구에게 좀 너 일찍, 좀 더 자주 고개를 돌리며 기다렸어야 했다. 그러지 않았기 때문에, 이제는 내가 쓸쓸히 청소할 때 아무도 나를 기다려주지 않게 되었다.

이슬비가 수백 번

오랫동안 내 상투를 붙잡고 흔드는 고양이가 있다. 정식 이름은 '코로나'지만 보통 '로나'라 줄여 부른다.

"로나야, 그 컵은 제발 깨지 마."

이런 식이다.

우아한 이름과 달리 2004년 초여름 부산에서 족보 없는 도둑 집안의 딸로 태어났다. 제대로 서지도 못하는 갓난아기, 털 무늬가 예뻐 요래조래 만지다보니 어느새 서울의 내 집까지 데리고 온 것이었다. 손가락에 우유를 묻혀주자 홀짝홀짝 받아먹었다. 그리고 내 무릎 위에 올라 잠들었다. 마님 행세를 하며 표독을 떨기 시작한 건 그로부터 다섯 달쯤 지나서부터였는데, 개가 그럴 줄은 몰랐다.

2007년 봄에 나는 한국을 떠나기로 결심했다. 장편소설을 쓰기 위해서였다. 우선은 중국에서 한 해 동안 한국어 원어민 강사 노릇을 하면서 바짝 돈을 모은 뒤 소설의 배경이 되는 태국으로 건너가 역시 한 해 동안 바짝 집필에 몰입할 예정이었다. 최소

2년, 여차하면 최대 4년 동안의 해외 체류였다. 코로나는? 너무 잘생겨서 마주 보기 부담스러운 심보선 시인이 맡아주었다.

중간에 일이 생겨 잠시 귀국했다. 용무가 끝나 중국으로 돌아가기 직전에 짧게 로나를 만났다. 로나는 내 주위를 빙글빙글 맴돌다가 꼬리를 바르르 떨다가 느닷없이 발가락을 깨물었다. 반가움과 서운함 사이에서 마음의 갈피를 못 잡은 모양이었다. 오랜만이고, 또 아닌 게 아니라 내가 너무한 부분도 있고 해서 발가락 문제는 접어둔 채 중국에서의 낯선 생활에 대해 이러쿵저러쿵 늘어놓았다. 그게 로나의 호기심을 자극한 모양이었다. 저도 따라가고 싶다고 했다. 터무니없는 소리, 도저히 그럴 여유가 없었다. 중국에서는 고양이도 잡아먹는다고 일러주었다. 도대체 어떤 정신 나간 고양이가 하필 중국에 가겠어? 가만히 듣던 로나의 눈동자가 세로로 가늘게 찢어졌다. 뭔가 직감한 모양이었다. 너, 하고 입을 열었다.

"새 고양이 생겼지?"

아니라고 했다. 정말로 아니었다.

새 고양이는 그로부터 일곱 달 뒤에 생겼다.

이듬해 중국에서의 계약이 만료되어 태국으로 날아갔다. 쓰려는 소설의 주요 무대는 방콕이었지만 그곳은 너무 번잡하고 인심이 험하고 물가도 비쌌기 때문에 방콕에서 100킬로미터쯤 떨어진 깐짜나부리에 거처를 정했다. 리버콰이 호텔 뒤쪽 한적한 공터에 신축된 아파트 4층이었는데, 에어컨 달린 원룸이 월세 10만 원이었다. 숙소 겸 작업실 문제가 해결되자 적당한 오토바이를 마련해 이것저것 사 날랐다.

듣자 하니 작가정신이 투철한 누군가는 가로등 아래에서건 서울역 대합실에서건 원하는 즉시 집필에 몰두할 수 있다고 한다. 나는 그게 안 된다. 이런저런 세팅이 모두 끝나야 글을 시작할 수가 있다. 깐짜나부리에 방을 잡고도 한 달 가까이 허송세월을 한 건 그 때문이었다. 책상 아래 발판으로 쓸 까칠까칠한 벽돌을 한 무더기 구해 오고, 모니터에서 나오는 전자파를 차단하기 위해 선인장을 사 오고, 냉장고 대용으로 사용할 스티로폼 박스를 얻어 오고, 금덩어리인 줄 알고 개천에서 주먹만 한 황동 주괴를 주워 왔다. 그러고도 여전히 채비가 안 된 느낌이었다. 마음이 이리저리 겉도는 와중에 시간만 잘도 흘러갔다.

아파트 베란다에서는 초등학교 운동장 크기의 공터가 내려다보였다. 그곳에서 토요일마다 복작복작한 행사가 벌어졌는데, 현지 친구가 말하길 깐짜나부리에서 제일 후진 7일장이라 했다. 그 7일장 이름이 '깐짜나부리에서 제일 후진 7일장'이라는 것이다. 농담으로 들었는데 나중에 알고 보니 진짜였다. '깐짜나부리에서 제일 후진 7일장'에서는 주로 흙이 묻은 채소나 파리로 뒤덮인 생고기 따위를 팔았지만 중국식 비단 잠옷도 팔고 마가린을 발라 구운 식빵도 팔고 불법 복제 DVD도 팔았다. 제일 안쪽에서는 야바위꾼이 코흘리개 아이들의 돈을 갈취하다가 일이 걷잡을 수 없이 커지면 잽싸게 몇 푼 돌려줘 보내곤 했다. 그 옆의 구석에서는 네댓 명으로 이루어진 약장수 일당이 죽은 사람 살려내는 쇼를 하며 정체불명의 물약을 팔았는데, 구경꾼은 거의 없건만 연기 욕심이 대단해서 시체가 진짜인지 가짜인지 구분이 안 갈 정도였다. 편하게 난간에 기대어 구경하다보면 어느새 어둠이 내려와 팔릴 도리가 없는 물건들과 빈곤한 좌판들과 별로 해먹지 못한 사기를 덮곤 했다.

깐짜나부리에서의 첫 한 달이 그처럼 속절없이 흘러갔다. 세팅이 끝나지 않아 글을 한 줄도 쓰지 못했는데, 또 한편으로 생각해보면 책 한 권 쓰는 판에 도대체 무슨 세팅이 더 필요한 건지 알 수 없었다. 저녁마다 술집에 다니느라 주정꾼 친구들만 기하급수적으로 늘어났을 뿐이었다.

그러던 어느 날 일이 터졌다. 초저녁부터 기세 좋게 몰려든 적란운이 밤새도록 뇌우를 퍼붓더니, 그 벼락 한 줄기가 내 노트북을 살짝 할퀴고 간 모양이었다. 난감했다. 깐짜나부리도 꽤 대도시이긴 하나 자전거보다 복잡한 기계를 고치려면 방콕으로 가야 했다.

기왕에 이렇게 된 거, 하고 작전을 짰다. 노트북을 방콕의 수리점에 맡기고 나서 짜뚜짝 시장으로 쇼핑을 간다. 없는 게 없기로 유명한 그곳에서 내 작업의 세팅에 필요한 '그 무엇'을 발견할 수 있을 것이다. 만약에 짜뚜짝에서조차 발견할 수 없다면 '그 무엇'은 '예쁘고 착하고 나만 좋아하는 여자'처럼 이 세상엔 없는 동화 속 존재이니 하루빨리 잊는 게 상책이리라. 정말이지 더 이상은 시간을 끌 수가 없었다. 마음이 얼마나 급했냐면 계획을 세우고 잠시 후 정신을 차려보니 벌써 방콕의 짜뚜짝 시장에 날아와 있었다.

바로 그때 운명처럼 휴대폰 벨소리가 울렸다. 날이 좋으니 콰이 강에 가서 닭다리 구워 먹으며 수영이나 하자는 팔자 좋은 부자 친구의 말씀. 방콕 짜뚜짝에 와 있다고 했더니 반색을 하면서 고양이를 한 마리 구해달란다. 그저 하얀색 새끼 고양이면 된다고 했다.

"만 밧은 넘지 않게 해줘." 부자 친구가 말했다.

만 밧? 태국에서 고양이 한 마리가 33만 원? 족보도 없는 코로나는 부산에서 공짜였다. 아무나 손잡고 데려가면 그걸로 홍정 끝이었다. 뭐, 33만 원?

아무튼 나는 반려동물 구역으로 갔다. '그 무엇'은 이미 예전에 포기한 상황이었다. 어쩌면 나는 처음부터 '완료되지 않은 세팅'이 그저 마음의 혼돈스러운 상태에 불과하다는 걸 익히 알고 있었던 건지도 모르겠다. 말하자면 내면 깊숙한 곳의 똑똑한 내가 철이 덜 든 멍청한 나에게 '그 무엇'이 없다는 자명한 사실을 납득시키려고 저 먼 방콕 짜뚜짝까지 데리고 갔던 것이다. 이렇게 정리하고 나니 내면 깊숙한 곳의 나도 별로 똑똑해 보이지는 않는다.

짜뚜짝 시장 자체가 워낙에 방대한 규모여서 반려동물 구역만 해도 꽤 넓었다. 하지만 멀리 돌아다닐 필요는 없었다. 구역의 초입에서부터 고양이 가게가 눈에 들어왔다. 우리에 들어앉은 아기 고양이가 슬그머니 다가오더니 철망 위에다가 얹은 내 손가락을 날름날름 핥았다. 그러면서도 눈은 계속 나를 보고 있었다. 어디 보자, 온통 순백색 털에다가 눈동자는 새파랗고 발바닥은 통통하니 분홍빛이로구나.

돌아오는 고속버스에서 이모저모를 상세히 들여다보았다. 퍽 얌전한 녀석이었다. 코로나는 그 나이 때 사람들 이마에서 이마로 날아다녔다. 이 아이는 정말 달랐다. 턱을 긁어주면 눈을 지그시 감으며 가랑가랑 소리를 냈고, 손가락을 들이대면 우아하게 핥거나 입 주위로 비볐다. 무엇보다도 그 눈이 굉장했다. 나는 아직도 그처럼 아름다운 파란색을 다시 만나지 못했다. 끄라비의 바다도 바간의 하늘도 끝내주는 파란색이지만 그 눈만큼은 아니었다. 물결에 부서지는 햇빛처럼 반짝이는 두 개의 동그라미 속에는 일종의 신성神性이 어려 있었다. 거룩한 신성을 남에게 넘길 수야 있겠는가. 충동적으로 전화기를 꺼내어 부자 친구에게 전화했다. 횡설수설 헛소리를 늘어놓았다. 그렇게 깐짜나부리에서의 내 신용은 바닥에 떨어졌다.

아기라서 그런가보다 했지만 아무래도 잠이 지나치게 많았다. 하루 중 두 시간 이상을 깨어 있지 않았다. 어쩌다 눈을 떠 화장실에 가고 물을 마시고 할 때조차 맥없이 휘청거렸다. 냉기 때문인가 싶어서 에어컨을 끄고 문을 활짝 열어두었으며, 먹이 때문인가 싶어서 비싼 습식사료를 사다가 바닥에 늘어놨다. 심지어는 잠자리가 문제일지 모른다는 생각에 세제 없이 빨아 말린 수건을 세 겹으로 깔아주기도 했다. 그런 식으로 내가 무언가 조치를 취하면 당장 나아졌는데, 그게 별로 오래가지 않아 금방 다른 조치를 생각해내야 했다. 그래도 야옹아, 하고 부르면 귀를 쫑긋하고는 바늘처럼 가느다란 아기 목소리로 대답했다. 두 눈을 반짝이며 방의 이쪽 끝에서 저쪽 끝까지 졸졸 따라다니기도 했다.

나흘째 새벽부터 본격적으로 앓았다. 깐짜나부리엔 제대로 된 동물병원이 없어 70킬로미터 떨어진 나콘빠톰 시내까지 갔다. 수의사가 얼마나 돌팔이인지 내 체온을 재려고 했다. 그다음에는 30초 남짓 고양이 관상을 보더니 화장실 모래를 갈아주라는 둥 신선한 물을 먹이라는 둥 하나 마나 한 말만 길게 늘어놓았다. 차라리 집에서 푹 쉬는 게 나을 뻔했다.

이튿날에는 화장실 모래에다 소변보는 일도 힘겨워했다. 습식사료를 잘게 덜어 접시에 담아놨지만 냄새만 몇 번 맡고 말았다. 이대로는 어렵겠다 싶어 억지로 입안에 넣어주다가 사태의 심각성을 깨달았다. 혀의 3할 정도가 떨어져 나갔고, 나머지도 절반 가까이 허옇게 헐어 있었다. 혀가 그 모양이니 음식을 먹을 수가 없었고, 음식을 먹지 못하니 건강은 악화일로일 수밖에 없었다. 상태로 보건대 최근 며칠 사이에 난 상처가 아니었다. 오랫동안 방치된 병이었다. 나는 짜뚜짝의 상인에게 속았던 것이다.

서둘러 이름부터 붙여주었다. 이름을 붙여주었더니 병세가 호전되는 걸 경험한 적이 있기 때문이었다. 실은 코로나가 아기 때 그렇게 살아났다. 좋아하던 맥주 이름을 붙이고 수차례 불러주자 빈사의 코로나가 부활하여 사람들 이마에서 이마로 날아다녔다. 나는 아기 고양이를 '라노'라 부르기로 했다. 당시 구상 중인 소설에 등장하는 어린 여자아이의 이름이었다. 태국어로 꽃가루라는 뜻인데, 제대로 된 발음은 '레뉴'에 가깝지만 그냥 내 맘대로 '라노'라고 바꿨다. 라노, 하고 불러보았다. 파랗고 아름다운 눈이 나를 향해 일렁거렸다. 라노는 태어날 때부터 라노였던 것 같았다. 와, 감탄했다. 라노는 정말 보석처럼 예쁘구나. 부디 눈 좀 자주 뜨고 있으렴.

이튿날 사방팔방 수소문을 해서 깐짜나부리의 수의사를 모셨다. 새끼 고양이라고 설명했음에도 불구하고 이 양반이 낡은 혼다 시빅에서 3리터짜리 대용량 수액을 꺼내 왔다. 코끼리 전문 수의사라 따로 작은 걸 가지고 있지 않다는 것이었다. 라노 다음 차례 환자는 이웃한 따르아 마을의 4.7톤짜리 암컷 코끼리였다. 그래도 없는 것보다는 나았는지 수액을 맞고 30분쯤 지나자 제법 활발하게 움직이기 시작했다. 밥도 먹고 응가도 누었다. 하루 종일 그랬다. 두어 번은 깡충깡충 뛰기도 했다.

하지만 새벽에 눈을 떠보니 흰 벽을 향해 우두커니 앉아 있었다. 라노야, 하고 불러도 고개만 잠시 돌릴 뿐 벽 앞을 떠나지 않았다. 손가락으로 먹이를 찍어 입에 넣어주니 오물오물 먹었다. 그리고 다시 새하얀 벽을 마주 보고 앉았다. 화장실에 데리고 가니 소변을 보고는 모래를 긁어모아 덮었다. 그리고 다시 새하얀 벽을 마주보고 앉았다. 그다음부터는 라노야, 하고 불러도 미동조차 없었다. 별수 없이 내가 그 옆에 드러누워 머리와 등을 쓰다듬거나 턱과 배를 꼬물꼬물 긁어주었다. 반응을 할 때까지, 혹은 반응을 그만둘 때까지 쓰다듬고 긁어주었다. 해줄 수 있는 게 그거밖에 없었다. 문득, 라노가 고개 돌려 나를 물끄러미 바라보았다. 마치 내게 말을 거는 것 같았다. 한국에서 온 형서 씨, 미안하지만 부탁이 있어요…….

라노는 대여섯 시간 뒤에 죽었다. 점심거리로 쌀국수를 사가지고 후다닥 돌아와보니 벽 아래에 엎드려 있었다. 흡사 새하얀 벽이 한 뼘쯤 바닥으로 흘러내린 형상이었다. 표정이 사라진 얼굴은 현관을 향한 상태였다. 보자마자 알아챘지만 그래도 라노야, 하고 한번 불러보았다. 대답이 없었다. 가만히 다가가서 두 손으로 들어 올렸다. 벌써 조금 굳은 게, 내가 나가자마자 곧장 무지개다리를 건넌 모양이었다.

제일 아끼던 폴로 티셔츠로 돌돌 감쌌다. 삽을 빌리기 위해 깐짜나부리의 친구들에게 전화를 걸었다. 전부 합쳐 열댓 명에게 걸었는데, 희한하게도 그날따라 한 명도 전화를 받지 않았다. 술 마시자고 연락할 땐 전화번호를 끝까지 누르기도 전에 대답하던 자식들이었다.

마음이 너무 어지러운 탓에 바보 같은 결정을 내렸다. 편의점에 들러 2리터짜리 생수를 한 병 샀다. 그리고 아파트 뒤편 공터로 갔다. 잡초가 자란 경계 구석에 자리를 잡고는 물을 조금씩 뿌려가며 손끝으로 바닥을 후볐다. 땅은 예상보다 훨씬 단단해서 물이 거의 스며들지 않았다. 삐쭉삐쭉한 자갈도 더럽게 많았다. 한 뼘 깊이의 구덩이를 파는 동안 오른손 중지 손톱이 통째로 까뒤집히고 다른 손톱 하나도 절반 넘게 찢어졌다. 흙이 어찌나 거친지 지문까지 닳아버릴 지경이었다. 아무래도 더 이상은 무리였다. 나는 티셔츠로 싼 라노를 구덩이 안에 눕혔다. 그 위로 흙과 자갈을 촘촘히 덮고, 개들이 파헤치지 못하도록 넓고 평평한 돌을 가져다 봉분 위에 반듯하게 얹었다. 그러고 보니 고인돌을 꼭 닮아서, 저 옛날 원시인들도 나처럼 차마 무덤을 밟아 다지지 못해 고인돌을 쌓은 게 아닐까 생각했다. 온몸이 땀에 흠뻑 젖어 있었다. 방에 돌아왔다. 대충 씻고 베란다로 나갔다. 줄담배를 피우며 어둠에 덮여가는 라노의 무덤을 내려다보았다. 내 발목이 시커메질 때까지, 그래서 내가 아파트 4층에 서 있다는 사실조차 시커메질 때까지 바라보았다.

다음 날인가, 그다음 날인가부터 나는 글을 쓰기 시작했다. 일단 흐름에 올라탄 뒤로는 서두르지 않았다. 매일매일 분량을 정해놓고 조금씩 써나갔다. 간혹 일이 안 풀릴 때면 베란다로 나갔다. 담배에 불을 붙인 다음 저 아래 고인돌을 내려다보며 라노야, 하고 부르곤 했다. 그 베란다에서 나는 참 많은 걸 보았다.

여우비도 보고 쌍무지개도 보고 스콜도 보고 메뚜기 군단도 보고 '깐짜나부리에서 제일 후진 7일장'도 보고 드센 아주머니에게 따귀를 맞는 야바위꾼도 보고 일주일마다 되살아나는 약장수 일당도 보고 밤도 보고 안개도 보았다. 비가 주룩주룩 사람 미치게 오던 어느 날엔 담배를 피우다 말고 주저앉아 헉헉 눈물을 흘린 적이 있는데, 그 찰랑찰랑한 상심의 농도만 떠오를 뿐 왜 울었는지는 까맣게 잊었다. 다시 그곳에 서서 아래를 내려다보면 혹시 기억이 날지도 모르겠다.

반년 뒤에 초고를 끝냈다. 이야기는 한국 남자가 후텁지근한 태국 밤거리에서 어린 여자아이 라노의 행방을 탐문하는 장면으로 시작되고 라노가 한국 남자와 헤어져 멀리 뛰어가는 장면으로 끝난다. 이제 와서 하는 생각이지만, 짜뚜짝에서 그 아기 고양이를 만나지 않았더라면 이야기의 앞뒤는 조금 달라졌을지 모른다. 아니, 분명히 달라졌을 것이다. 그런 식으로 이야기의 안쪽과 바깥쪽이 서로에게 간섭하는 광경은 언제 봐도 신비롭다.

정리하여 이듬해 초에 귀국했다. 심보선 시인의 고혈을 빨아먹던 코로나는 그로부터 사흘 뒤 내 곁으로 돌아왔다. 그리고 침대 밑에 들어가 하루 종일 나오지 않았다. 단단히 화가 난 모양이었다. 다랑어포를 코앞에 갖다줘도, 다정한 목소리로 이름 석 자를 불러보아도 나오지 않았다. 나오기는커녕 눈이 마주칠 때마다 하악 하아악 쇳소리를 냈다. 저 표독스러운 년이 부산에서 데려온 그 무료 고양이가 맞나 싶었다. 하지만 오래가진 않았다. 다음 날 새벽 무렵 은근슬쩍 내 품으로 파고들었다. 추운 날씨였다. 고양이는 본디 추위를 못 견디는 법이다.

그해 일 년에 걸쳐 소설을 연재했다. 한 줄 한 줄 퇴고해 나가면서, 초고의 투박한 문장들을 처음 휘갈길 당시 나를 빽빽하게 둘러싸고 있던 풍토의 감각, 그 온도와 그 냄새와 그 습도를 떠올렸다. 기억은 이따금 고인돌 아래에 묻힌 아기 고양이로까지 이어지곤 했다. 나와 만나기 전부터 그 고고한 아름다움은 돌이킬 수 없이 붕괴되고 있었다. 그러니 짜뚜짝 시장에서 내게 다가와 철장에 걸친 손가락을 핥던 자세는 어쩌면 제 묏자리를 부탁하기 위한 교태였는지도 모른다. 한국에서 온 형서 씨, 미안하지만 부탁이 있어요…… 하고 말이다. 생의 마지막 일주일을 공유한 대가로 나는 부탁을 들어주었다. 나는 그렇게 했다. 라노를 위해 비와 중력과 시간이 단단히 다져놓은 땅에 한 뼘 깊이의 구덩이를 냈다. 한참 전에 매끈한 손톱이 새로 자라났지만, 내 손은 아직도 그날의 통증을 기억한다. 그런 아픔은 아무리 오래 지나도 어디 가지 않는다. 툭하면 그 얘기를 한다. 두 눈에 새파란 신神이 담겨 있던 아기 고양이 얘기를 한다.

돌이켜보면 그게 벌써 13년 넘게 지난 일이다. 자랑은 아니지만 나는 누구에게도 뒤지지 않을 만큼 기억력이 저질이라

13년 전이라면 캄브리아기 정도로 느껴지고 그때도 내가 박형서였는지 긴가민가하다. 그러니 라노에 대한 애정, 라노를 잃은 슬픔을 아직도 간직하고 있다는 건 상당히 예외적이거나 어딘가 수상쩍은 일일 터이다. 게다가 우리가 함께한 시간은 만남과 이별을 통틀어 고작 일주일에 불과하지 않은가.

그래서 나는 이렇게 한번 생각해본다. 존재끼리의 교감이란 여유를 두고 차근차근 모여 강물을 이루는 이슬비가 아니라 모든 조건이 맞아떨어지는 어느 찰나의 순간에 허옇게 의식에 새겨지는 벼락같은 거라고. 당시 나는 낯선 땅에서 막막했으며, 의지할 데 없이 외로웠고, '첫 장편'이라는 과중한 부담에 시달렸다. 라노는 믿기지 않을 만큼 아름다웠고, 빠르게 멸망하는 중이었으며, 마침 고양이 말을 알아듣는 미모의 독신 남성을 만났다. 조건들이 딱 들어맞자 우르릉 쾅 벼락이 쳤다. 일은 그렇게 된 것이다.

이토록 고상한 사색에 잠겨 있는데 로나가 고양이 세수를 마치고는 곁에 누웠다. 그리고 몸을 둥글게 말아 내 팔뚝에 등을 기댔다. 내가 팔을 잡아 빼면 균형이 일순 흐트러지는, 그러니까 내 팔에 자기 체중을 온통 실음으로써 저 혼자만의 평안을 도모하는 그런 자세였다. 그럼 나는 뭔가. 저려도 팔을 빼지 못하고 휴식도 취하지 못하는 나는 이게 도대체 뭔가. 어찌하여 얘는 고양이답게 매사에 삼가질 않고 무슨 높은 마님처럼 함부로 툭툭 들이대는가. 뭐라고 한마디 놓으려는데 벌써 목에서 구레레 구레레레 하는 소리가 흘러나오고 있었다.

그 소리.

가솔린 엔진의 공회전 진동, 마디가 있는 듯 없는 듯 살포시 밀려오는 파문, 듣다보면 눈이 저절로 감기는 25데시벨의 달달한 저주파.

내가 이 소릴 얼마나 좋아하는지, 한동안 듣지 못했을 땐 또 얼마나 그리워했었는지 퍼뜩 깨날아버렸다. 사람으로 치면 한갑이 훌쩍 넘은 할머니가 불경 읊듯 옆에서 구레레 구레레레 하고 있었다.

그래서 어쩔 수 없이 말랑말랑해졌다. 나는 관점을 조금 바꾸어보기로 했다. 세상엔 벼락도 있고 이슬비도 있다. 그러니 로나가 내 팔뚝에 기대어 살아온 세월은 아무것도 아닌 게 아니다. 일주일이라는 라노식式 유대 단위가 수백 차례나 촉촉하게 흩뿌려진 것이다. 알고 보면 꽤 치명적이다.

3

늪을 건너서

끄라비, 끄라비

우리가 처음 만난 건 2005년 여름의 새벽이었다. 구릉 없이 평평한 방콕에서 두 달가량 보낸 뒤라, 어스름을 뚫고 드러난 끄라비 산악의 기이한 형상은 태국도 아니고 지구도 아닌 전혀 다른 세계에 온 듯한 느낌을 주었다. 열 시간 넘게 야간 버스의 덜컹거리는 좌석에 시달렸음에도 그 순간 내 몸에는 넉넉한 열대의 기운이 돌았다.

아름다운 땅이었다. 물 입자를 힘껏 던지는 우람한 폭포, 화사하고 아름다운 해변, 맹그로브 숲을 끼고 흐르는 넓은 강이 있었다. 경관만 수려한 게 아니었다. 만나는 주민마다 친절했고 실수로 고른 음식까지 맛있었다. 가장 기뻤던 건 먼 이국에서 온 여행자를 대하는 끄라비의 자세였다. 한국이 여름이라면 그곳은 매일 서너 차례씩 폭우가 쏟아지는 우기에 해당한다. 그런데 끄라비에 머무는 닷새 동안 비가 한 번도 내리지 않았다. 어쩌면 저럴 수 있을까 싶을 정도로 맑고 쾌청하기만 했다. 그렇게 예정했던 닷새가 흘러 다른 지방으로 가는 야간 버스에 몸을 싣고 나서야 비로소 촉촉하게 비가 내리기 시작했다.

그처럼 여러 사정들이 몹시 좋은 느낌으로 다가왔기 때문에 이후로도 여러 차례 끄라비를 방문했다. 오가는 길은 힘들었지만 그럴 가치가 있었다. 머무는 날이면 우기건 건기건 상관없이 맑았고, 떠나는 날이면 언제나 비가 내렸다. 한번은 비가 너무 심하게 온 탓에 버스 출발이 두 시간이나 지연된 적도 있었다. 그 뜨거운 비는 끄라비가 나를 두고 쏟는 작별의 눈물 같았다. 이 모든 사태가 설령 기묘한 우연에 불과할지라도, 몇 번이나 어김없이 반복된다면 우리는 그 우연들에 숨은 일련의 암시를 뒤적여보기 마련이다. 나는 끄라비가 나를 좋아하고, 그래서 내 일정을 보살피고, 사소한 느낌들에 주의를 기울여주며, 그러다 총총히 돌아서는 모습에 종내는 괴로워하는 거라 생각해보았다. 그러한 공상에 잠긴 채로 마침내 떠나가는 어느 국도 위에서 나는 끄덕끄덕 눈물을 닦는 끄라비의 어두운 하늘을 지켜보았다.

그것이 벌써 10여 년 전의 일이다. 이제 나는 한국에 있고, 영하 5도 위로는 좀체 올라가지 않는 겨울에 붙들린 채, 모든 것이 갈라지는 건조한 방구석에 숨어, 끄라비를 떠올린다. 그리고 내가 저를 그리워하는 만큼 저 습한 열대에 건설된 도시도 나를 그리워하고 있으리라 짐작해본다. 왜냐하면 예닐곱 차례에 걸친 방문 동안, 그것이 고작 사나흘에 불과한 짧은 머무름이었건 한 달 가까운 긴 머무름이었건 간에 상관없이, 침식된 석회암 언덕이 풍기는 아늑한 냄새며 길을 잃을 때마다 적막의 갈림길 너머로 보석처럼 반짝이던 밀림, 강에 한 발씩 담근 채 길게 늘어선 반수상 목조 가옥들과 너무 많이 웃던 상인들까지 모두 더해, 돌이켜보면 그와 같이 여일한 평화로움은 어느 한쪽이 일방적으로 벌이는 짝사랑의 대가라 하기엔 지나치게 비싼 감각이기 때문이다. 그건 오로지 상호간의 깊은 유대와 섬세한 감정적 교류에 주어지는 선물이어서, 나로선 저 먼 인도차이나 반도에 내 마음과 공명하는 몹시 인간적인 의지가 도시의 형태로 존재한다는 사실을 부인해볼 수 없는 것이다.

흥정하기

태국의 국경도시 핫야이에서 있었던 일이다. 서둘러 공항에 가야 하는 내 앞에 검은 콧수염의 썽테우(두 줄로 좌석이 놓인 작은 버스) 운전수가 다가와 30밧(한국 돈으로 약 천 원)만 내라고 했다. 그건 의심스러운 금액이었다. 최소 70밧은 주어야 하는 걸로 알고 있었기 때문이다. 그러나 나는 별생각 없이 올라탔다.

손님이라고는 나 하나뿐인 태국의 버스 겸 택시 썽테우는 시내를 빠르게 벗어나 공항 가는 길로 접어들었다. 그러다 갑자기 길가 한쪽에 섰다. 검은 콧수염이 창문을 열고는, 나를 불렀다. 그리고 30밧은 너무 적으니 100밧을 내라고 말했다.

나는 곁에 놓아둔 배낭을 움켜쥐며 불같이 화를 냈다. 내가 누군가? 700원 싼 숙소를 찾아 무거운 배낭을 짊어지고 발이 푹푹 빠지는 쁘렌띠안 해변을 두 시간이나 걷던 사람이 아닌가? 그러다 이도저도 놓쳐 결국 밤새 모기에 뜯기며 해변에서 노숙한 사람이 아닌가? 콧수염은 사람 잘못 보았다. 내가 내리자 콧수염이 내렸고, 말없이 조수석에 앉아 있던 아기 공룡 둘리를 닮은 그 아내까지 내렸다. 나는 영어와 태국어, 한국어를 마구 섞어가며 따졌다. 당신은 거짓말을 했다, 아까 내게 두 번이나 30밧이라고 했다, 그리고 이처럼 다른 차 잡아타기 어려운 고속도로에 들어와서 딴소리를 한다, 나는 다른 차를 타거나 차라리 걸어가겠다…….

그들은 정말로 당황했다. 아기 공룡 둘리는 손가락을 마구 움직이며 90밧, 80밧 하면서 어떻게든 흥정해보려고 했고, 그녀보다 영어가 서툰 콧수염은 뺨이 붉게 물든 채 30밧은 너무 싸다고만 중얼거렸다. 사실 나는 다른 차를 잡아탈 시간도, 걸어갈 용기도 없었기에 '옳거니' 하고 더 밀어붙였다. 당신이 착하게 생겨서 믿었다, 왜 거짓말을 하냐, 태국 사람들은 이방인에게 이렇게 대하냐…….

결국 그들은 고개를 숙이고는 항복했다. 애초에 약속했던 30밧에 공항까지 데려다주기로 한 것이다. 우리는 다시 출발했다. 오후 5시가 조금 넘은 시각이었다. 털털거리며 달리는 고물차 뒤쪽으로 드문드문 서 있는, 그나마 1층을 넘지 않는 작은 열대의 집들이 보였다. 그 위로는 익사체의 혓바닥처럼 파랗고 파란 하늘뿐이었다. 나는 비스듬히 걸터앉아 그 평화로운 풍경을 바라보고 있었다. 문득 내 속에서 무언가 치밀어 올라왔다. 내가 깎은 70밧, 그건 한국 돈으로 2천 원이었다. 고작 그 돈에 분노해 길거리에서 소리 내어 싸우고 가난한 부부에게 모욕을 준 것이었다.

여행에서 흥정은 빼놓을 수 없는 즐거움 중 하나다. 이국의 시장에서 벌이는 왁자지껄한 흥정은 실익 여부와 무관하게 활력 넘치는 기쁨을 준다. 그러나 모든 일에는 때와 장소가 있다. 나는 그걸 몰랐다. 때문에 눈앞의 아름다운 풍경을 감상하지 못하고 계속해서 자책해야만 했다.

공항에 도착한 후 50밧짜리 두 장을 내밀었다. 돈을 받아든 둘리는 정말 둘리처럼 혀를 내밀고 웃었다. 콧수염은 여전히 당황한 표정으로 30밧은 너무 적다고 중얼거렸다. 그러다 문득 어눌한 발음으로 "Sorry" 하고 중얼거렸다. 나 역시 "커톳 캅(미안합니다)"하고 말했다. 이어 "징징(정말로)" 하고 덧붙였다.

동그란 눈의 콧수염이 미소를 지어주었다. 그 미소는 어쩔 수 없이 어색했기에, 한편으로는 입술을 떨며 우는 것처럼 보였다.

한 걸음 비껴난 곳

그 화요일 오후에 나는 루앙프라방의 한 노상 주점에 앉아 있었다. 길 건너 아래쪽 기슭에는 누런 메콩강이 흘렀고, 도로에 접한 내 테이블 위에는 저 유명한 맥주 '비어라오'가 놓여 있었다. 모든 것이 순식간에 미지근해지는 동남아의 우기인지라 나는 계속해서 맥주잔에 얼음을 집어넣었다. 거리에는 프랑스 식민지풍 건물과 약간은 휘청거리며 걷는 누런 법복의 승려들, 빼빼 마른 몸으로 이리저리 뛰어다니는 아이들이 안주처럼 흩어져 있었다. 문득 키가 작은 청년이 지나가며 "싸바이디" 하고 인사했다. 나도 답례를 했다. 그러면서 우리는 시선을 마주하지 않고, 얼굴을 비껴 서로의 조금 왼쪽을 보았다.

그게 내가 루앙프라방에서 인사하는 방식이었다. 라오스의 모든 것들은 이처럼 늘 중심에서 조금씩 벗어나 있다. 여기서 중심이란 한국뿐 아니라 모든 서구화된 사회에서 중요시 여기거나 목표가 되는 것들, 굳이 말하자면 돈, 명예, 욕망 등을 말한다.

라오스의 하급 관리는 자신의 생살권을 쥔 고급 관리가 지나가도 자리에서 일어나지 않는다. 라오스의 평범한 사람들은 왜 돈과 명예가 삶에 그리 중요한지 이해하지 못한다. 루앙프라방에서 마주칠 수 있는 욕망이란 그날 하루의 포근한 평화뿐이다. 무언가를 얻기 위해 최선을 다하고, 매일매일 아등바등 살고, 그러지 않았다가는 전혀 모르는 타인에게서조차 손가락질당하는 우리 사회의 시각에서 보면 무슨 달나라 같은 여유로 가득 차 있다. 관광객들도 쉽사리 거기에 전염되어, 투어에 참가하는 대신 아침부터 저녁까지 전통가옥이 늘어선 거리를 어슬렁거린다.

물론 다른 유명 관광지와 마찬가지로 루앙프라방에도 멋진 투어가 있다. 유람선을 타고 메콩강을 거슬러 팍오 동굴에 들르거나 푸씨 산 정상에 올라 아름다운 도시 전경을 감상할 수 있다. 왓 씨엥통에 가거나 왓마이 사원을 돌아볼 수도 있다. 왕궁박물관을 방문해 9할이 순금으로 이루어진, 루앙프라방이라는 이름의 기원이 된 성스러운 황금 불상 '파방'을 구경할 수도 있다. 하지만 그런 투어에 참여하면서도 마음은 언제나 눈앞의 화려함에서 한 걸음 비껴나 있게 된다. 왜냐하면 거기는 라오스의 루앙프라방이기 때문이다. 루앙프라방에 머무는 여행자는 라오스 사람들이 고안해낸 삶의 방식, 즉 '한 걸음 비껴 서기'에서 벗어날 수 없다. 이곳저곳을 바삐 돌아다니더라도 마음은 늘 메콩강을 따라 늘어선 한적한 켐콩 거리를 유유자적하게 거닌다.

'어째서인가?'라고 묻는다면 설명할 길이 없다. 라오스에서

라면, 다른 모든 질문도 마찬가지다. 나는 왜 루앙프라방의 헐벗은 주민들이 늘 웃는 얼굴인지 알지 못한다. 어떻게 흐르는 강물을 몇 시간씩이나 들여다볼 수 있는지, 쩨쩨하기로 유명한 유럽 관광객들에게 모욕적으로 시달리면서도 어쩌면 그토록 친절할 수 있는지 모른다. 아마 나는 영원히 그걸 알 수 없을 것이다. 나는 그저 이방인일 뿐이고, 내 나라에 돌아와서는 잠시 쉴 새도 없이 이처럼 원고를 휘갈겨야 하는 신세니 말이다. 나는 라오스를 사랑하되 라오스에 스며들 수가 없다. 우리는 그야말로 완전히 다른 존재 같다. 그들은 그들의 건국신화가 주장하는 것처럼, 마치 달에서 내려온 종족인 듯하다.

어쩌면 이 모든 것도 착각일지 모른다. 라오스는 내가 생각하는 것처럼 성스러운 기운으로 가득 찬 동남아의 두메가 아닐지 모른다. 사람들은 타락했고, 그 능글거리는 웃음 너머에는 탐욕과 호전성이 이글거리고 있을지 모른다. 단순히 내가 오해하고 있는 건지 모른다.

하지만 조금의 오해도 없이 누군가를 진심으로 사랑하는 건 불가능한 일이다. 좋든 싫든, 우리 모두는 어느 정도 두께의 콩깍지를 통하지 않고서는 참으로 농밀한 사랑스러움과 마주칠 수 없다. 나는 라오스에서 내 날의 일부를 보냈으며, 석양이 지는 메콩 강변에 앉아 루앙프라방을 느꼈다. 이제는 그 모든 것이 오해며 환상임을 깨닫는다 해도 어쩔 도리가 없다. 어차피 우리는 자기 가족조차 완전히 이해하지 못하는 하등한 존재이니 말이다. 그런 점에서 본다면 사랑이란 논리적으로 이해하는 것이 아니라 무턱대고 느끼는 것이다.

우리는 때때로 타인을 느끼기 위해 여행한다. 그 과정에서 깊이 체화된 자신의 문화가 타인의 그것과 충돌하고, 또 불꽃이 튀는 걸 엿본다. 나는 루앙프라방을 느끼는 과정에서 저 번쩍이는 불꽃을 보았다. 사람들은 답답해 속이 터질 정도로 느리게 걷는다. 수년 전에 공사 중이던 도로는 아직도 공사 중이다. 한창 일할 나이의 젊은이들이 대낮부터 메콩 강변에 앉아 하릴없이 맥주를 마신다. 그들은 그저 그렇게 산다. 라오스 사람들에게 있어서 세계를 변혁시키거나 부자가 되는 건 중요한 일이 아니다. 그들에게 있어 가장 중요한 건 지금 이 순간 마음의 평화다. 그게 옳거나 그르다는 말이 아니다. 거기에는 어떠한 가치 평가도 내려선 안 된다. 우리는 그럴 권리가 없다.

어쩌면, 지금 나의 이러한 생각도 규정짓기 좋아하는 한낱 외국인의 오해에 지나지 않을지 모른다.

라오스는 동쪽으로 베트남, 서쪽으로 미얀마, 남쪽으로 태국, 북쪽으로 중국 등 온통 강대국들에 둘러싸여 오랫동안 고통을 당해왔다. 근대에 들어서는 파쇼 일본과 프랑스로부터, 또 신흥 강대국 미국으로부터 무자비한 노략질을 당했다. 국토가 유린되고 가족이 살해당하고 재산을 빼앗겼다. 그들은 그런 참혹

한 역사를 가지고 있다. 하지만 그들은 매일 웃으며 살아간다. 그 미소야말로 역사가 국민성을 규정한다는 단선적 세계관에 대한 강력한 반증이다.

나는 그들의 행복한 미소를 절대로 이해할 수 없다. 하지만 왜 동남아에서 마주친 그토록 많은 장기 배낭여행자들이 가장 좋았던 나라로 라오스를 꼽는지는 알 것 같다. 왜냐고 묻는다면, 내게 그 질문을 받았던 여행자들이 했던 대답처럼 '일단 가보라'고 말할 수밖에 없다. 가서 그 묘하게 정체된 시간을 직접 느껴보라고 말이다.

갑자기 비가 쏟아져 내렸다. 느릿하게 거리를 활보하던 늙은 유럽 관광객들이 비를 피해 이리저리 흩어졌다. 이른바 열대성 강우인 '스콜'로, 동남아 지역에서 우기에 흔히 만날 수 있는 봉변 중 하나다. 우산이 소용없을 정도로 콸콸 쏟아대다가 잠시 후 뚝 그치고 만다. 수년 전 이곳에 처음 왔을 때에는 순식간에 범람한 강물에 돼지가 사색이 되어 둥둥 떠내려가는 걸 본 적도 있다. 나는 그 기억을 떠올리며 비 오는 거리를 바라보았다. 벽 안의 여행자들이 비를 피하여 난민처럼 흩어지고 있었다. 나도 빗방울이 들이치는 내 맥주잔 입구를 두 손으로 움켜잡았다. 하지만 거리의 라오스 사람들은 호들갑을 떨지 않았다. 비가 올 때도 있는 거지, 하는 표정으로 느릿느릿 걸어갈 뿐이었다.

그렇게 나는 그 화요일 오후를 라오스 루앙프라방의 한 맥

죽집에서 보냈다. 거기 앉아 내 인생에서 가장 중요한 것들, 아니 나를 제일 괴롭히는 것들로부터 한 걸음 비껴나 맛있는 '비어라오'를 마셨다. 오후 들어 스콜이 잠깐 내렸고, 그 비를 맞으며 부처님의 미소처럼 느릿느릿 움직이는 라오스 사람들을 보았다. 그저 그뿐이고, 그것으로 충분했다. 당시 메콩강 너머로 붉은 해가 졌는지 푸씨 산 정상에 누런 달이 떴는지를 못나게 고민하는 이유는, 내가 지금 그곳을 떠나 한국의 책상 앞으로 돌아왔기 때문이다.

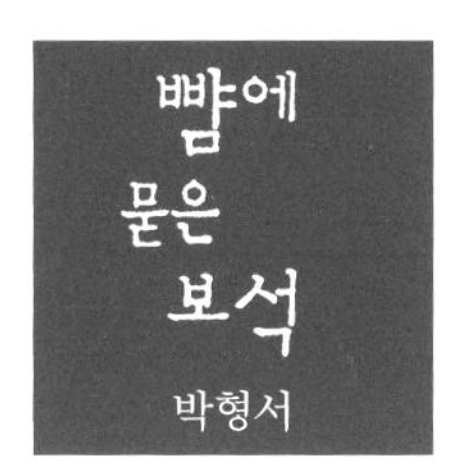

독자님, 안녕하세요. 마음산책입니다.

제목을 보고 호기심을 느끼셨나요. 무슨 뜻인지 궁금해하실 독자분이 계실 듯합니다. 박형서 작가는 '빰에 묻은 보석'을 두고 '지금 당장 나와 가깝고 소중한 누군가(무언가)'라고 합니다. 그리고 그 보석을 무심코 외면한 채 떠나면서, 삶이 시작된다고 하지요. 이는 인생에 대한 은유가 아닌가 합니다. 우리는 곁(빰)에 있는 소중한 것의 존재 가치를 제대로 인식하지 못하다가, 늘 뒤늦게야 겨우 조금 깨닫고 마니까요. 떠나고 돌아오는 것의 반복이 삶이라면, 떠난 자리를 더듬어보며 아쉬움과 후회를 곱씹는 것은 삶의 필연적 몸짓인 듯합니다. 『빰에 묻은 보석』은 이렇듯 인생의 어느 순간에 드리워졌던 삶의 비의를 포착하는 산문집입니다.

『빰에 묻은 보석』은 박형서 작가가 등단 20여 년 만에 펴내는 첫 산문집이기도 합니다. 문청 시절부터 등단에 이르기까지 지난했던 과정을 털어놓거나 글쓰기와 관련한 구체적인 이야기를 풀어놓습니다. 서툴고 미숙했던 이십 대 청춘을 돌아보며 흘러간 시간을 반추하기도 하고요. 그야말로 산문집의 매력을 여실히 보여주는 한 권입니다. 살아 있음이 유독 생생하게 느껴지는 초여름, 소설가의 통찰이 흐르는 산문집과 시간을 보내시면 어떨까요.

마음산책 드림

우주가 아름다운 이유

여행을 다니다보면 일정한 패턴이 생기는데, 내 경우에는 그 패턴이 지난 20여 년 동안 꽤 바뀌었다.

예전에는 온갖 걱정을 너무 많이 한 나머지 손톱깎이나 일회용 밴드 같은 것들로 행낭을 빵빵하게 꾸렸다. 그러다보니 정말 중요한 것, 이를테면 두툼한 돈다발 같은 건 도저히 들어갈 틈이 없어 집에 두고 떠났다. 요즘에는 어디를 가든 필요한 건 거기 다 있다고 생각해 행낭을 느슨하게 꾸리는데, 그 탓에 현지에 도착하면 헐벗은 몰골로 편의점부터 찾는다.

예전에는 카메라를 멀리했다. 마주치는 전부를 눈과 가슴에 담았고 근사한 풍경과 마주치면 그 자리에 주저앉아 종일 감탄했다. 그렇게 너무 많이 본 걸까? 모스크는 으레 둥글고 성당은 뾰족하고 절에는 뭐 불상이 많으니, 지나치게 현란한 촬영 기술로 사진이나 찍은 뒤 숙소에 돌아와 잊어버리는 게 요즘 꼬락서니다.

예전에는 이동에 드는 비용이 아까워서 왜 비행기에는 입석이 없는지 한탄했다. 어쨌든 최대한 저렴하게 이동한 뒤 아껴둔 돈으로 이국적 먹거리에 집중하는 게 나름의 여행 패턴이었다. 요즘엔 어딜 가더라도 일단 앉고 눕는 데 돈을 쓰며, 입에 들어가는 건 툭하면 한국 음식이다.

예전에는 낯선 사람들을 만나 노는 게 제일 좋았다. 술집이든 시장 바닥이든 일단 현지인들과 둘러앉으면 그들이 무슨 얘기를 하건 귀담아 들었다. 요즘엔 불쑥 다가오는 현지인들을 일단 경계부터 한다. 믿었다 후회하느니 의심했다 사과하는 게 안전하고 마음 편하기 때문이다.

이렇게 하나씩 따져보면 볼수록 내 여행 패턴은 조바심, 부딪힘, 체험과 동화 중심에서 게으름, 관망, 안락과 안전 위주로 일관되게 흘러온 듯하다. 하지만 그것들 대부분은 근력이 약해져서, 뇌혈관에 노폐물이 쌓여서, 전생에 나무늘보여서 그러려니 하고 이해해줄 만한 것들이다. 알고 보면 나만 그런 것도 아니다. 얘도 그렇고 쟤도 그렇다.

진짜 나쁜 건 따로 있다.

예전에는 여행 자체에 인본주의적 낭만을 덧입히곤 했다. 많은 길을 걷고 많은 마을에 머물고 많은 언어를 듣고 많은 얼굴을 만나면 내 판단을 흐리게 하는 편견과 선입견이 줄어들 거라 믿었다. 그렇게 온전한 사해동포주의자로 성숙해지길 바랐고, 실제로 다리 한 짝 정도는 벌써 사해동포주의자의 몸이 된 것처럼 거룩하게 느껴지기도 했다.

하지만 사십 대도 저물어가는 요즘 돌아보니 사태가 내 바람과는 정반대로 흘러온 것 같다. 요즘의 나는 오히려 나라, 민족, 환경을 바탕으로 사람을 분류하고 범주화하는 일이 잦지 않은가. 그렇게 스스로 선택할 수 없는 조건들로 눈앞의 개인을 판단하고 나면 스스로 선택한 직업, 표정, 생활방식에 따라 한 생을 간략히 재단하는 건 일도 아니게 된다. 나는 많은 경우의 수를 채집한 결과로 편견과 선입견을 물리치는 대신 오히려 '평균'이라는 함정에 빠지고 말았다.

이것은 심각한 문제라서, 빨리 헤쳐 나오지 못하면 나는 여행을 딱 끊고 방구석에서 〈세계테마기행〉이나 시청해야 할지 모른다. 숙련된 여행자가 늘 여행을 잘하는 건 아니다. 이편과 저편의 닮음을 묵살하는 오만, 여기와 저기의 다름을 간과하는 나태는 오히려 경험 쌓인 여행 전문가들에게서 흔히 발견되곤 한다. 물론 우리는 모두 비슷하다. 같다고 말할 수도 있을 만큼 비슷하다. 하지만 각각이 치명적으로 다르다. 닮음과 다름의 그 절묘한 비율로 인해 우주는 이토록 아름다운 것이다.

쌀국수 예찬

몇 년 전 호치민의 유명 쌀국수 식당인 '포호아'에 들른 적 있다. 정확한 위치를 몰라 근처를 빙빙 돌다 마침내 찾아내었는데, 점심시간이 훨씬 지났음에도 여전히 손님이 득실거려 2층까지 올라가야 했다. 그 큰 건물이 통째로 쌀국수 식당이었다. 벽에 걸린 메뉴를 보고 한 그릇 주문했다. 기다릴 틈도 없이 김이 모락모락 오르는 쌀국수가 나왔다. 얼른 한 입 떠보았다.

아, 정말 굉장했다.

수십만 년의 사연이 담겨 있는 맛이었다.

농경이 처음 어떻게 시작되었는지 확인하는 건 매우 어렵거나 혹은 불가능한 일이다. 그러나 단일한 형태로 특정 지역에서 시작된 게 아니라 여러 형태로 여러 곳에서 시작되었음은 분명하다. 일단 농경이 시작되자 채집과 수렵을 위해 이리저리 떠돌던 시대가 저물고 정착의 시대가 열렸다. 더불어 수천 년에 걸쳐 부락이 생겼다 사라지고, 재산이 생겼다 사라지고, 여러 계층과 신분과 제도가 생겨났다 사라졌다. 농경의 형태와 방식에는 이 모든 인류 문명발달사가 나이테처럼 숨어 있다. 호기심 많은 어떤 이들은 모양이 조금 다른 곡식을 심어보고, 그 바람에 폭삭 망해 온 가족이 쫄쫄 굶거나 또는 반대로 부자가 되어 콧대가 높아지기도 했을 것이다. 그중에서 쌀은 만여 년 전 중국 또는 인도에서 처음 재배된 이래 오늘날 세계 인구 3분의 2를 먹여 살리는 곡식이 되었다. 인간은 본디 개구쟁이라 먹을 게 옆에 쌓여 있으면 장난을 쳐보기 마련이다. 어떤 이는 구워보고, 어떤 이는 삶아보고, 어떤 이는 가루로 만들어 그대로 혹은 끓여서 마셔보았을 것이다. 그리고 또 어떤 이는 그 가루에 물을 부어 끈적끈적한 덩어리를 만들어도 보았을 것이다. 그 덩어리를 몇 번 씹어보다가 아무래도 굽거나 삶는 게 낫지 싶었을 때, 혹시 그 원시인은 괜한 짓을 벌이는 바람에 한 끼 식사를 망쳤다고 자책하지 않았을까. 중국과 이탈리아와 중동의 여러 나라들이 서로 국수의 원조가 자신이라 주장하는데, 아무튼 현재까지 발견된 가장 오래된 국수의 흔적은 4천 년 전의 것으로 중국에 있다. 반죽을 손으로 비벼 길게 만드는 방식, 찰기를 준 후 잡아당겨 늘이는 방식 들이 먼저 나왔고 납작하게 펴서 칼로 써는 방식, 작은 구멍에 대고 압착해 뽑아내는 방식 들은 후에 나왔다. 면을 햇볕과 바람에 말렸다가 나중에 물과 함께 끓여 먹는 건조면 방식은 전쟁이나 대규모 민족이동과 같이 보존성과 휴대성이 요긴한 시기에 유용했을 것이다. 이후로도 국수는 발전을 거듭하여 오늘날에는 기름에 튀겨서 면발에 구멍이 가득 난 라면, 납작하거나 속이 빈 파스타, 고구마 전분을 섞어 찰기가 강한 냉면을 비롯해 새우 수염 굵기에서 새끼손가락 굵기까지 온갖 형태와 성분의 면이 존재한다. 그리고 쌀로 만든 쌀국수는 그중에서도 다섯 손가락 안에 들만큼 인기가 많은 상품이다. 살짝 각이 진 얇고 가느다란 면, 밀가루 면보다 찰기는 적지만 훨씬 담백한 맛.

고기와 모피를 얻기 위해 온갖 동물을 수렵하던 인류는 부락 근처에 가둬서 기를 수 있는 동물이 있고 가둬서 기를 수 없는, 혹은 어쩐지 그러기 싫은 동물이 있다는 사실을 알았다. 이제 다음의 문제는 가둬서 기를 수 있는 동물 중에 누구를 선택할 것인가이다. 생활에 어떤 식으로든 도움이 되거나 고기 맛이 우월하거나 혹은 잘생겨서 볼 때마다 흐뭇해야 했다. 그런 동물은 매우 드물었다. 그중에서 소는 힘이 세고 온순하며 배설물을 잘 말려두면 연료로 활용이 가능했다. 무엇보다도 소는 인간이 먹지 않는 풀을 섭취하여 단백질 풍부한 고기를 내놓기에 유지비 대비 만족도가 높았다. 드디어 소의 가축화에 성공한 건 지금으로부터 1만 년 전쯤의 일이었다. 하지만 아직 갈 길이 멀었다. 소에게 어떤 사료를 먹이면 맛이 더 좋아질까. 어떻게 요리하면 맛이 더 좋아질까. 고민 뒤에는 항상 또 다른 고민이 뒤따랐다. 여러 조건 속에서 정성껏 키워낸 후 날로 먹고, 구워 먹고, 쪄서 먹고, 말려서 먹어보았다. 커다란 소의 몸은 부위에 따라 육질이 확연히 달라서 다양한 요리법이 생겨났다. 대량의 물을 부어 푹 끓여 먹는 방법은 질긴 고기를 여럿이 함께 즐길 수 있는 최선의 요리법이었다. 하지만 아직 끝이 아니다. 어느 부위의 고기를, 어떤 힘줄과 어떤 내장과 어떤 뼈로 함께 끓여야 보다 진하고 맛 좋은 국물이 나올 것인가. 그 무한대의 조합 속에서 누군가는 한 나라를 대표할 독특한 맛의 균형을 찾아내었다. 오래 삶아 부드러워진 살코기를 예쁘게 잘라내어 고명으로 올리기 위해서는 예리한 절삭 도구와 미적 감각의 진화까지 필요했다.

풀은 예부터 가장 찾기 쉽고 먹기도 쉬운 식재료였을 것이다. 어디서든 잘 자라고 생장 속도도 빠르다. 문제라면 여간해서 포만감이 느껴지지 않는다는 정도? 그래서 인류는 염소마냥 삼시 세끼 풀만 먹기보다는 다른 요리에 곁들여 먹는 방법을 모색해왔다. 목질이 없어 줄기가 연한 풀들은 매우 다양한 맛과 향을 지녔다. 감미로운 향이 나는 향초가 제일 인기가 많았을 테지만, 무턱대고 먹었다가는 자칫 건강을 해칠 수가 있다. 지구상 26만 종이 넘는 속씨식물 중에서 맛도 영양도 풍부한 풀과 독이 든 풀을 어떻게 구분할 것인가. 방법은 딱 하나, 누군가 직접 먹어본 후 자신의 표정을 동료들에게 보여주는 것이다. 그래서 수십만 년에 걸친 인류의 자발적 독극물 중독 프로젝트가 진행되었다. 중국 삼황오제 중 한 명으로 의약과 농업의 신이라 불리는 염제 신농씨는 하루 70종의 독초를 직접 씹어 효능을 알아볼 만큼 헌신적이었다고 한다. 그러다 건강이 위태로워지면 차를 마셔 해독했으나, 결국은 단장초의 독성을 이겨내지 못해 죽었다는 것이다. 동료와 후대를 위해 여러 풀을 먹어보고 그 맛을 따져보고 그 독을 임상실험해본 이가 어디 신농씨뿐이랴. 그러한 수많은 이들의 헌신 속에 선별된 여러 향초들, 박하, 파슬리, 바질, 고수 등을 취향에 맞게 넣으면 쌀국수의 담백한 맛에 강렬한 향기가 더해진다.

인류는 인류가 되기 훨씬 전부터 과일을 먹어왔다. 『구약성경』의 「창세기」를 근거로 한 말이 아니다. 오랫동안 우리 생물학적 조상들의 거처는 나무 위였다. 거기 뭐가 있는가? 과일이 있다. 모든 과일이 서로 다른 맛을 낸다는 건, 다시 말해 각기 특별한 용도가 있다는 뜻이다. 새콤한 맛이 그리울 때면 두리안 대신 귤이나 자두를 먹는다. 달콤한 맛을 원할 땐 포도나 복숭아를 먹지 여주를 먹지는 않는다. 지구에는 정말 많은 종류의 과일이 있고, 오늘날 그 과일을 집중적으로 재배하는 농가들이 있다. 고맙고 다행한 일이다. 언뜻 생각해보면 과거에는 숲도 많았고 나무도 많았기 때문에 과일 천지였을 것 같지만, 그렇지 않다. 과일이야 물론 많았겠으나 어떤 것들은 독성 때문에 먹을 수 없었으며 또 먹을 수 있더라도 대부분 맛이 없었다. 오늘날 우리가 맛있는 과일을 먹을 수 있게 된 것은 오랜 세월에 걸친 끈질긴 개량 덕분이다. 레몬은 그렇게 개량을 거듭해 세계인의 입맛을 사로잡게 된 주요 과일 중 하나다. 히말라야가 원산지인 레몬은 선선하고 연중 기온차가 적은 곳에서 잘 자란다. 비타민C와 구연산이 많아 신맛이 강한 이 과일은 비리거나 느끼한 맛을 없애며 식욕을 돋워준다. 그나저나 쌀국수의 진한 소고기 육수에 떨어뜨리는 레몬즙 서너 방울의 천재성은 어느 시대 누구의 머리에서 처음 나왔을까.

이와 같은 사연들이 하나로 어우러진 결정체가 바로 내 앞의 쌀국수다. 어디 그뿐인가. 인류의 수많은 경험과 지혜들이 깨알처럼 더해져야 한다. 구석기 중기의 원시인들이 도구를 사용해 직접 일으키기 시작한 불은 물론, 대항해시대를 통해 세계사를 바꾼 후추나 육두구 등 향신료, 지역에 따라 색도 향도 재료도 제각각인 온갖 조미료와 장醬, 움푹 파인 형태의 반석에서 시작해 토기와 도기를 거쳐 오늘날 그 자체로 예술이 되어버린 그릇, 배고픈 이들의 영혼을 유인하기 위해 색채심리학까지 고려한 상업용 광고, 30세기 전 조개껍질에서 비롯되어 오늘날 디지털 형태로까지 이어져온 화폐, 도시를 유지하기 위한 상수도 및 하수도 시스템, 탈레스가 최초로 기록하고 에디슨의 혁명적인 아이디어를 거쳐 현대를 자신의 시대로 삼아버린 전기 문명, 증기기관의 발명자 토머스 뉴커먼과 냉장고의 아버지 제임스 해리슨 및 자동차의 아버지(들)인 다임러와 벤츠의 욕망이 합체해 이룩해낸 냉장 유통업, 로마시대 카라칼라욕장에서 그 초기 형태를 찾아볼 수 있는 레스토랑 문화 등등, 이중 어느 하나라도 빠졌다면 베트남 쌀국수는 내 앞에 놓일 수 없었다. 그러니 우리는 참 힘들고 어려운 길을 돌고 돌아 드디어 만난 사이인 셈이다.

사실 쌀국수만 특별한 건 아니다. 우리가 일상적으로 먹는 대부분의 음식들이 쌀국수만큼, 혹은 그보다 더한 내력을 지니고 있다. 다만 몇 년 전 그날 호치민에서 하필 쌀국수의 내력이 매우 곡진한 방식으로 내 심금을 파고들었고, 그래서 세 그릇을 연달아 해치우는 내내 감동에 젖어 그래 그렇지, 그래 그랬지 하고 끄덕거렸을 뿐이다. 나무 위에서 쪽잠을 자던 유인원도 자나깨나 홍수 걱정하던 혈거인도 지구에 태어나 아무 일 없이 죽었던 게 아니었다. 각자 자기 세대에서 구할 수 있는 행복을 열심히 찾아내어 다음 주자에게 물려주었다. 근사한 음식을 접할 때마다 드는 생각이다.

내게는 여행을 좋아하는 친구들이 많다. 그중에는 아예 생업으로 삼아 여행 가이드를 한다든지 가이드북을 쓴다든지 하는 친구도 적지 않다. 일전에 그들과 각국 음식에 대해 토론한 적이 있다. 다들 중국 요리가 세계 최고봉이라는 데 별 이견이 없었다. 두 번째는 이견이 있지만 대체로 이탈리아 음식이었다. 무한정 변주가 가능한 피자와 스파게티 덕이 컸다. 세 번째는 더욱 이견이 많아 한국, 일본, 베트남이 치고받고 싸웠다. 발효 음식의 끊을 수 없는 매력, 식재료 본연의 순수함, 넓은 식생대에서 나온 다양한 식재료와 여러 음식 문화의 뒤섞임이 각각의 주요

논거였다. 점점 분위기가 달아오르더니 인도, 프랑스, 태국, 인도네시아까지 삐죽삐죽 튀어나와 모임을 난장판으로 만들었다. 그렇지만 세계 최고의 단품 요리가 무엇인지에 대해서는 다들 군말 없이 동의했다.

베트남 쌀국수였다.

여행과 문학

'여행문학'이라는 합성어는 '여행'과 '문학'이라는 두 거대한 단어에 관한 우리의 상상력을 제한하는 듯하다. 여행은 삶의 양태 중 하나가 아니고 여행문학은 문학의 장르 중 하나가 아니다.

매력적인 시각 이미지와 신비롭게 치장된 문장들로 인해 우리는 여행이야말로 인생이 치러야 할 가장 중요한 행사인 양 믿게 되었다. 흔히 우리는 여행을 따분하고 단조로운 일상의 대척점에 두어 예외적인 모험이자 탈출로 간주한다.

나도 마찬가지였다. 작가로서의 삶에 한정한다면, 여행이란 체험과 구상의 시기이고 일상은 집필과 출간의 시기라 말할 수 있겠다. 이 구분은 지난 수십 년 동안 쌓인 여러 정황 증거들로 인해 꽤 견고하게 유지되어왔다. 이를테면 나는 수년 전에 동남아의 여러 시골 마을을 방랑한 적이 있다. 하루는 버스를 타고 큰 수로를 따라 이어진 한적한 도로를 달리게 되었다. 이따금 도로와 제방에 걸친, 그러니까 도로 쪽에 출입문을 내고 본채는 수로의 끄트머리에 버팀목을 세워 올린 집들이 보였다. 거기에는 그 집에 사는 주인의 이름을 딴 정류장 표지도 있어서 내가 탄 완행버스가 그 앞에 서곤 했다. 그들이 제방을 따라 1~2킬로미터씩 간격을 두고 서 있는 것도 흥미로웠고, 각각의 집 앞에 정류장이 있어 매번 버스가 선다는 사실도 재미있었다. 그런데 딱 한 번, 어느 집 한 채를 그냥 지나치는 게 아닌가. 그러고 보니 그 집 앞에는 정류장 표지도 없었다. 그건 어딘가 이상한 광경이어서 뇌리에 또렷이 남았다. 도로 쪽으로 멍하니 쪼그리고 앉아 있던 그 집 아이의 슬픈 얼굴과, 그 아이의 아버지가 가질 법한 자책 혹은 수치의 마음과, 버스가 오갈 때마다 그들이 느낌직한 소외감에 대해 생각했다. 그리고 그것들이 한국을 배경으로 했을 때 어떤 식으로 담길 수 있을지 고민해보았다.

집필과 출간이라는 따분한 일상으로 돌아온 나는 그 이야기를 「정류장」이라는 단편으로 썼다. 외딴 산골에 젊은 아버지와 초등학교에 다니는 어린 아들이 함께 산다. 아들에게는 소원이 하나 있는데, 그건 어디로든 떠날 수 있는 정류장이 자기 집 앞에도 세워지는 것이었다. 마침 댐 건설로 초등학교가 있는 마을이 수몰될 예정이어서 정류장이 바뀌긴 바뀌어야 할 시기였다. 젊은 아버지는 집 앞에 정류장을 세워주겠다고 아들한테 허풍을 떠는데, 그와 무관하게 정류장이 정말로 집 앞에 세워지게 된다. 그러나 허풍이 와전되는 바람에 아버지는 수몰로 고향을 잃게 된 성난 주민들에게 맞아 죽고, 고아가 된 아들은 친척에게

입양된다. 오랜 시간이 지나 성장해 자기 가족을 이룬 아들은 멀리 주말 나들이를 갔다가 길을 잃어 옛 고향으로 돌아온다. 그리고 싱글거리며 정류장 표지판을 정성껏 닦고 있는 아버지의 유령을 목격한다. 아들은 옛 모습 그대로인 아버지의 유령과 자동차 뒷자리에 잠든 처자식을 번갈아 보다가 문득 두려움을 느끼는데, 소설의 마지막 부분인 그 장면을 여기 옮겨본다.

> 그러던 어느 순간, 돌연 소름이 쫙 돋으며 등줄기를 타고 검은 의심이 모락모락 피어올랐다. 아버지는 이토록 오랜 시간 동안 저기서 뭘 하고 있었던 거지? 저 빌어먹을 유령은 내게 도대체 뭘 원한단 말인가?
>
> 나도 모르게 힘껏 가속기를 밟았다. 내 가족을 태운 차는 튕기듯 그곳을 떠났다. 희미한 윤곽으로 남은 정류장을 지나칠 때 아이가 투정 섞인 콧소리를 내고는 다시 잠이 들었다. 언덕을 돌아 나서자 도로는 조금씩 넓어졌다. 삼십여 년 전, 고모의 손에 이끌려 떠나던 그 길이었다.
>
> 어둠이 내 떠나온 길을 꾸역꾸역 잡아먹고 있었다. 멀리 깜빡이는 댐의 불빛을 향해 달려가며 나는 내내 한숨을 쉬었다. 머물 수 있었다면 맹세코 그렇게 했을 것이다. 하지만 그럴 수가 없었다. 가슴 한구석에는 저 낡은 정류장의 잔상이 악착같이 들러붙어 있었다. 그건 이미 오래전부터 내 영혼 깊숙이 새겨져 있던 어떤 표식이었다. 달리는 정면을 응시한 채로 내가 아버지

한테 꼭 그래야만 했는지, 이처럼 작별도 없이 떠나야 했는지 몇 번이고 자문해보았다. 그러나 대답은 언제나 똑같았다. 아버지는 나를 용서할 것이다.•

물론 문학이란 기본적으로 여러 체험과 사색이 종합적으로 뒤엉켜 발생하는 양식이니만큼 어느 한 요인에 절대적으로 빚졌다고 말하기 곤란할 경우가 많다. 하지만 이 소설은 바로 그 장소에 다녀오지 않았더라면 절대 생겨나지 않았을 것이다. 말하자면 이 소설은 동남아의 어느 한적한 시골 도로가 내게 준 선물이었다. 그간 내가 쓴 대부분의 소설들이 이런 식으로 생겨났기 때문에, 문학적 상상력에서 여행이 차지하는 비중을 나는 의심하지 않았다. 고향에서는 아무래도 도달할 수 없는, 오직 여행을 통해서만 얻어낼 수 있는 영감이라는 것을 깊이 믿었다. 그렇게 일상과 여행을 오랫동안 구분해왔다.

그런데 건들거리면서 여기저기 훑고 지나가는 시간과 한 장소에 오래 머무르며 그 낯섦을 가만히 체험하는 시간 사이에는 당연히 큰 차이가 있다. 삼십 대도 훌쩍 넘어서야 비로소 그 사실을 깨달은 나는, 그간 해왔던 여행이 피상적인 수준에 머물러 있던 게 아닌지 돌이켜보게 되었다. 내가 해오던 여행은 아무래도 진짜가 아니었던 것 같았다. 그런 생각을 어느 소설에서 이렇

• 박형서, 『핸드메이드 픽션』, 문학동네, 2011, 55~56쪽

게 표현한 바 있다.

> 여행은 즐거운 방식으로 우리를 저만치 돌려세운다. 지루하고 갑갑한 일상에서 벗어나 색다른 풍토, 이국적인 표정과 부딪히다 보면 가슴속에선 짜릿한 폭음과 함께 불꽃이 터진다. 하지만 거기에 감탄하는 건 우리가 다름 아닌 여행자이기 때문이다. 스쳐 지나가는 낯선 풍광은 삶에 너무 깊이 끼어들지 않기로, 개연성 없는 농담처럼 유쾌하기로, 후에 돌아갈 남루한 진짜 생활을 위하여 사진첩의 얇은 낭만에 머물러주기로 미리 약속되어 있다.•

이 문장에서 말하는 여행은 '가짜 여행'이다. 그렇다면 진짜 여행이란 무엇인가? 앞에서 인용한 문장은 『새벽의 나나』라는 장편소설에 나오는데, 멀리 떨어진 두 군데 장면에 중복해 등장한다. 그리고 두 번째에는 곧바로 다음과 같은 문장이 이어진다.

> 그 얄팍한 계약이 우리의 눈을 가리고, 사물의 본래 색을 바꿔치며, 모든 걸 연극으로 전락시킨다. 인생에는 그런 기만이 없다. 실제의 삶 속에서 우리는 결코 돌아올 수 없는 골목으로 접어들고, 되돌릴 수 없는 짓을 저지르고, 매일매일 루비콘강을

• 박형서, 『새벽의 나나』, 문학과지성사, 2010, 173쪽

건넌다. 시간은 멈추거나 거꾸로 흐르는 법이 없다. 언제나 우리의 손이 닿지 않는 방향으로만 흐른다. 인간의 모든 진지한 행위는 삶을 모방한다. 그러므로 진정한 여행이란 고향을 떠나 다시는 돌아가지 않는 것이다.••

고향을 떠나 다시는 돌아가지 않는 것, 이것이야말로 진짜 여행이 아닐까 한다. 하지만 거꾸로 생각해보면, 세상에 가짜 여행이라는 게 존재할까? 즉, 고향을 떠났다가 다시 원래대로 돌아가는 게 가능한 것일까? 예를 들어 당신이 지금 한국에서 대만으로 여행을 왔다고 해보자. 당신은 이제 며칠 후면 귀국하여 원래의 자리로 돌아갈 것이다. 물론 당신은 그렇게 믿고, 당신 가족들도 그렇게 믿고 있을 것이다. 하지만 누구나 알다시피 우리의 우주에서 시간은 어떠한 경우에도 배제할 수가 없다. 즉 시간(혹은 기억)을 품고 있기에 우리의 모든 여행은 불가역적이다. 그러므로 당신은 이 여행의 출발점인 그날의 한국으로, 그날의 가족에게로 영원히 돌아갈 수가 없는 처지다. 앞서 언급한 단편소설에서 주인공인 아들이 그토록 그리워하던 아버지 유령과의 만남을 거부하고 자기 가족과 함께 떠난 이유는 바로 그것이었다. 그동안 스스로 겪어온 시간을 말끔히 생략한 채 과거로 돌아갈 수 없고, 돌아가서도 안 되기 때문이었다.

•• 앞의 책, 353쪽

우리는 매번 어디론가 떠나고 돌아온다. 하지만 여행 전의 시간과 돌아온 시간이 다르듯 돌아온 우리는 떠날 때의 우리가 아니며, 돌아온 곳도 떠날 때의 그곳이 아니다. 우리는 영원히 돌아갈 수 없는 여행을 매일 치러내며 살고 있다.

대도시나 오지, 휴양지로의 나들이만 여행인 건 아니다. 편하고 익숙한 배경에서 벗어나 호기심을 충족시키기 위해 이리저리 둘러보는 행위 전부가 여행이다. 자기 내면을 들여다보는 것도, 타자를 염탐하는 것도 모두 여행이다. 말하자면 우리의 일상 자체가 곧 여행이다. 이렇게 확장할 경우 여행이란 특별한 의지나 노력이 필요한 행동이 아니게 된다. 공간과 경험과 관계의 한계를 뛰어넘어 세상을 이해하고자 하는, 인간이라면 누구나 갖고 있는 본능이 우리를 결국 떠나고 떠돌게 만든다. 우리는 그러지 않고는 살 수 없는 존재들이다. 오늘날 우리가 어떻게 이 멋진 도시에서 세련된 옷을 입고 훌륭한 음식을 맛보는가? 우리 조상들이 늪을 건넜기 때문이다. 힘들게 이편으로 건너와 사방팔방 둘러보았기 때문이다.

소설 속에서 벌어지는 일도 그와 동일하다. 침대 위에서 눈을 감은 채로 현재만을 생각하는 그런 이야기는 듣도 보도 못했다. 우리가 아는 모든 이야기는 일정한 공간과 시간 사이를 이동하고, 등장인물의 감정이 이동하고, 상황 논리 또한 이동하며, 화자의 관점이 이동하고, 종내는 독자의 마음이 이동한다. 아무런 이동이 없는 이야기란 존재하지 않는다. 굳이 존재할 필요도 없다. 소설이 담아내는 모든 형태의 이동, 즉 운동과 변화와 흔들림과 성장의 궤적 전부가 여행이다. 예나 지금이나 문학 속에는 순 여행밖에 없다.

반복하건대, 여행은 삶의 양태 중 하나가 아니며 여행문학은 문학의 장르 중 하나가 아니다. 여행이 곧 삶의 유서 깊은 형식이고 문학은 여행의 언어적 형태다.

세계의 주인

오래전에 생일 선물로 세계지도를 받았다. 어지간한 벽을 온통 가릴 만큼 커다란 지도였다. 어찌나 신이 났던지 하루에도 몇 번이나 지도 앞에 서서 이런저런 도시 이름을 손가락으로 만져보았다. 반둥, 고아, 뉘른베르크, 마테라, 산티아고, 안탈리아, 만달레이, 케이프타운, 끄라비, 쿤밍……. 그러면 마치 그곳에 이제 막 도착한 여행자처럼 심장이 뛰곤 했다.

다 무슨 소용이냐고 당신은 말할지 모른다.

소용이 있다. 우리의 생은 우주 구석구석을 탐험해볼 만큼 길지 못하다. 하지만 지도를 보면 적어도 이 세상에 어떤 도시들이 있는지는 안다. 이를테면 나는 아직 룩소르에 가보지 못했지만 어디쯤에 있는지 안다. 지도의 그 부분을 수백 번이나 바라보았기 때문이다. 그 도시에 뭐가 있냐고? 끝내주는 신전이 있다고 들었다. 내키는 대로 훌쩍 떠날 수 있는 삶을 갖지 못했지만, 나는 낯선 이들이 만든 책자나 사진을 보는 식으로 한 다리 건너서나마 그곳을 느낄 수 있다. 물론 진짜로 카르나크 신전을 거

닐기 위해 공항으로 달려갈 수도 있을 것이다. 만약에 그렇게 된다면 그건 다름 아니라 내 마음에 룩소르를 들여놓은 적이 있기 때문이다. 나는 앞서 나열한 도시들, 그러니까 룩소르를 제외한 모든 도시들을 실제로 여행했다. 세계지도에 이름이 새겨진 수많은 다른 도시들도 다녀왔다. 하지만 거기 나와 있지 않은, 혹은 들어본 적 없는 도시들은 가보지 못했다. 어쩌면 가보았지만 기억을 못 하는 걸 수도 있겠다. 그런 경우를 나는 '끊어졌다'고 표현한다. 때때로 '잃었다'고 표현하기도 한다.

기차는 내가 가장 좋아하는 탈것이다. 나는 좌석에 앉아 창밖의 풍경을 보다가 이따금 주행 방향의 반대쪽으로 고개를 획 돌리는 괴벽이 있는데, 고개 돌리는 속도가 기차 달리는 속도와 얼추 비슷할 때면 노변에 함부로 자란 풀이며 담벼락이며 실개천이 잠깐 선명하게 눈에 들어온다. 그러면 나는 필경 결코 다시는 보지 못할 그 풀이며 담벼락이며 실개천과 어쨌든 안면을 튼 것 같은 기분이 든다. 반대로 그러지 않고 이동 시간 내내 쿨쿨 잠이나 잤다면, 승강장에 내리면서는 내 세계의 일부가 되어주었을지도 모를 어느 풀이며 담벼락이며 실개천을 영영 지나쳐버린 것 같은 기분에 사로잡힌다. 신이 삼라만상에 관계하는 자세도 이와 비슷할 거라 생각한다.

양자역학의 코펜하겐 해석에 이러한 조롱이 달린 적 있다. '달을 쳐다보지 않으면 그 달은 실재하지 않는가?'

물론이지. 측정이 없으면 존재도 없다. 그럼 이건 어떨까.

'당신이 엘니도를 모른다면 엘니도는 세상에 없는 건가?'

당연하지. 모르는 사람의 우주에 그 작고 호젓한 도시는 존재하지 않는다. 반대로 깊은 관심을 갖는다면, 요정이나 저주처럼 본디 세상에 없던 허구까지 버젓이 생겨난다. 필리핀의 바닷가 마을 엘니도에 대해 들어본 적 없다면, 당신의 지도에서 그 부분은 휑한 공백과 마찬가지다. 물론 듣는 것보다 보는 게 더 낫고, 듣고 보는 것보다 현지 공기를 마시는 게 더 좋다. 그러나 우리가 유한한 존재임을 재차 상기해본다면 깊이 체험하는 건 둘째 치고 아무튼 이름이라도 한번 들어둠으로써 당신 영혼과 가늘게나마 연결해두는 게 이득이라는 얘기다.

앞서 언급한 도시들을 기억하고 계실지 모르겠다. 혹시 기억나지 않으면 다시 한번 읽어보시길. 당신의 세계에 그 유서 깊은 도시들이 슬그머니 더해지고, 조금씩 또렷하게 덧칠되며, 먼 거리를 날아와 이윽고 당신 베갯머리에 놓인다.

후추통 돌리기

오래전의 일이다. 젊은 서양인 세 명이 내가 사는 아파트에 입주했다. 한 명은 키가 크고 두 명은 키가 작았는데, 셋 다 보란 듯이 파란 눈에 노란 머리였다. 5층짜리 아파트의 꼭대기 층에 이사한 그들로 인해 마을 전체가 떠들썩했다. 서울이라면 모를까, 1980년대의 강원도 원주 변두리에 서양인의 출현은 좀 괴상한 사건이었기 때문이다. 조국에 큰 죄를 짓고 유배당한 게 아니라면 있을 수 없는 일이었다. 다들 그렇게 생각했다. 벽안의 외국인이 뭐가 아쉬워 가난한 한국, 그것도 이 고생스러운 시골에까지 흘러왔을까?

'고생스러운 시골'은 모든 면에서 과장이 아니었다. 고기나 우유를 사려면 버스를 타고 멀리 시내까지 나가야 했다. 우리 동네에는 영화관도, 댄스홀도, 미술관도 없었다. 그 대신 새벽마다 고막 찢어지는 새마을운동 노래가 울려 퍼졌고 오후에는 된장 냄새가 진동했다. 당시 아파트에는 연탄보일러를 사용했다. 서양인들은 툭하면 연탄불을 꺼뜨려 난방에 애를 먹곤 했다. 그럴 때 잘 달궈진 연탄 하나 꿔주는 건 이웃 사이에서 흔한 일이었지만, 그 서양인들은 매번 큰 신세를 진 양 안절부절못했던 기억이 난다.

그런데 '고생스러운 시골'은 서양인들뿐 아니라 나 같은 아이들에게도 마찬가지였다. 도무지 갖고 놀 장난감이 없어서 종일 뛰어다니기만 했다. 당시 내 최고의 보물이 고장 난 라디오를 분해해 얻은 동그란 자석이었으니 오죽했겠는가. 그런 와중에 서양인 세 명이 나타났던 것이다. 그보다 기막힌 장난감은 없었다.

얼마 지나지 않아 그들의 집은 동네 아이들로 북적거리게 되었다. 초대나 방문 신청은 무슨, 날씨가 좋으면 일단 한번 들러보는 식이었다. 곱게 왔다 가는 것도 아니었다. 다들 허락 없이 그 집의 살림살이를 여기저기 들춰보고 이것저것 뒤져보다가 그중 괜찮은 게 있으면 자기 호주머니에 넣곤 했다. 먼저 주운 사람이 임자니 좋은 걸 원하면 서둘러야 했다. 행동이 굼뜬 내 경우에는 고작 후추통이었다. 자랑은 아니지만 그때 나는 아홉 살이어서 도둑질해도 되는 나이였다.

아무튼 대접이 그 모양이었건만 그들은 도무지 화를 안 냈다. 곤히 자고 있는 일요일 아침에 놀러가 큰 소리로 떠들어도 낑낑대며 베개에 머리를 처박을 뿐이었다. 보통은 그보다 훨씬 친절했는데, 이를테면 한창 식사 중에 쳐들어가 물끄러미 바라보고 있으면 셋 중의 한 명은 틀림없이 일어나 새로 통조림을 따고 빵과 고기도 내왔다. 당시 얻어먹었던 음식들의 맛과 향을 되새겨보건대 그들은 아마 독일인이었던 것 같다. 물론 아이의 미각인 데다가 오랜 시간 저편의 기억이므로 틀렸을 수 있다. 하지만 그 후로 음식과 관련된 따뜻한 기억은 어쩐지 전부 독일과 연결되곤 했다.

물론 어떤 상황에서도 실실 웃는 건 바보나 하는 짓이어서, 무골호인이던 그들 역시 가끔은 화를 내긴 냈다. 한번은 내가 직접 목격했다. 빵을 굽는 중에 내 멍청한 친구가 오븐을 열며 뒤로 자빠지자, 키 큰 청년이 쏜살같이 달려와 고함을 버럭 질렀던 것이다. 그는 자빠진 내 친구를 번쩍 들어 부엌 밖으로 데리고 나갔다. 그리고 예기치 못한 고함에 혼백이 반쯤 달아난 친구의 팔뚝과 얼굴 등 여기저기를 만지며 다친 데가 없는지 수차례 확인했다. 그러니까 저 빵을 맛있게 구워 먹으려면 혼내는 건 나중이고 우선 오븐의 문부터 먼저 닫아야 하지 않을까 걱정한 건 나 혼자였다.

나는 그 선량한 청년들을 보며 외국에서의 삶에 대해, 그 경이로움과 외로움에 대해 생각했고, 언젠가 꼭 그렇게 살아보고 싶다는 희망을 품었다.

주말에는 아이들을 모아 스펀지 재질의 공으로 럭비를 했는데, 우리로 말할 것 같으면 남의 공을 뺏어오는 거 외에는 럭비의 규칙에 대해 아는 게 없었다. 그러니 우리와 어울려 럭비를 한다는 것 자체가 그들에게는 꽤 고역이었을 것이다. 하지만 럭비의 주말은 오래 이어졌고, 심지어는 이웃 동네 아이들까지 모여들면서 대규모 친목 행사가 되었다. 인원이 넘쳐나자 자연스럽게 벤치를 지키는 후보가 된 나는 연예인으로 출세한 전 애인을 텔레비전에서 보는 심정으로 저들이 아직도 매일 빵과 우유를 먹는지, 높은 침대에서 자다 떨어지지 않도록 조심들은 하는지, 요새는 왜 통 연탄을 꾸러 안 오는지 궁금해했다.

우리 사이에 주어진 시간은 그리 길지 않았다. 그들이 먼저 원주를 탈출했는지 아니면 내가 먼저 서울로 이사를 갔는지는 분명치 않다. 어느 날 문득 정신을 차려보니 나는 무거운 가방을 멘 채 매일매일 숙제 걱정이나 하는 신세가 되어 있었다. 우리는 다시 만나지 못했다. 후추통도 돌려주지 못했다.

2007년에 나는 태국에 머물렀다. 태국인들이 등장하는 소설을 쓰기 위해서였는데, 아무래도 첫 장편소설이다 보니 각오가 대단했던 것 같다. 본격적인 집필에 들어가기에 앞서 치앙마이와 끄라비와 이싼 등지에 한두 달씩 살며 그들을 관찰했다.

한번은 우본라차타니 동쪽의 작고 외진 마을에 머물렀다. 나무를 엮어 만든 집의 별채에 세를 얻어 지냈는데, 문명과 동떨어진 곳이라 전기가 안 들어오는 가게에서 따뜻한 맥주를 사 마시고 멍하니 거리를 바라보는 짓 외에는 할 일이 없었다. 인터넷도 안 되었고 휴대폰도 먹통이었다. 이렇다 할 대중교통도 없어서 어딘가에 다녀오려면 집주인에게 맥주 두 병을 내주고 오토바이를 잠시 빌려야 했다. 그 오토바이는 너무 고물이어서 내다

팔아도 맥주 두 병 이상은 못 받았을 것이다.

주민들의 수입원은 대부분 사탕수수 수확이었다. 일 년에 서너 차례 동원되어 죽어라 낫을 휘두른 다음 목돈을 만졌다. 소작농들은 그렇게 두둑해진 주머니로 지주의 집에 모여 도박판을 벌였다. 그게 한 사나흘씩 잔치처럼 이어졌다. 그 외에는 '쌩쏨'이라 부르는 싸구려 럼주에 취해 자거나 이웃의 흉을 보거나 색맹 진단용 그림처럼 화질이 안 좋은 텔레비전을 시청하며 무료함을 달랬다. 한창 혈기왕성한 아이들의 경우에는 사정이 더 열악해서 늪지에서 조개를 줍거나 공평하게 한 명씩 돌아가며 집단으로 구타하거나 도마뱀을 잡아 죽이는 게 놀이의 거의 전부였다. 어른들이나 아이들이나 하루하루가 지겹던 참이었을 것이다. 이를 가엾이 여기신 부처님이 한국에서 예쁜 장난감 하나를 가져다주셨다. 그게 나였다.

처음엔 동네 어른들이 하나둘 놀러와 나를 멀찌감치 지켜보았다. 그러다 물어뜯기지는 않을 거라 확신했던지 슬그머니 다가와 말을 걸었다. 이제 막 태국어 읽고 쓰기를 배우는 마당에 이싼 사투리 섞인 대화가 순조로울 리 없었다. 그냥 저희 멋대로 얘기하고는 내가 땀을 뻘뻘 흘리며 해석하는 동안 껄껄 웃다 가버리곤 했다. 다음엔 십 대 후반에서 이십 대 중반 사이의 청년들 차례였다. 대처로 나가지 못해 불만이 쌓인 동네 양아치들이 다짜고짜 찾아와 되도 않는 영어 몇 마디를 흘렸다. 대마초나 야바 같은 싸구려 마약을 들고 와 공짜로 한 대 피우라며 재력을 과시하기도 했다. 그런 날이 몇 주 이어지자 아닌 게 아니라 꽤 친해졌다.

그래도 역시 제일 친하게 지낸 건 열 살 전후의 꼬마들이었다. 아마 생각하는 수준이 비슷했기 때문이었을 것이다. 혹은 그들이 제일 넉살이 좋았던 탓인지도 모르겠다. 곱게 왔다 가는 것도 아니어서, 다들 허락 없이 내 살림살이를 여기저기 들춰보고 이것저것 뒤져보다가 그중 괜찮은 게 있으면 자기 호주머니에 넣곤 했다. 먼저 주운 사람이 임자니 좋은 걸 원하면 서둘러야 했다. 나는 좀 굼뜬 편이었기에 내 물건들의 임자가 전부 바뀌었다.

우본라차타니 시내로 가면 중국인 상점이 있는데 거기서 고추장이나 마른미역, 간장 따위를 살 수 있었다. 주인아저씨께 오토바이를 빌려 몇 가지 사와 미역국을 만들어 먹었다. 물론 혼자 먹을 수는 없었다. 아무 때나 들이닥치는 꼬마들에게 한 사발씩 돌려야 했다. 그들은 내가 준 컵라면과 조미김과 미역국을 노골적으로 좋아했다.

주말에는 떼로 몰려든 꼬마들과 함께 윷놀이를 했다. 나무토막을 있는 힘껏 던지는 놀이가 아니라는 걸 이해시키는 데만도 몇 주가 걸렸다. 그보다 복잡한 규칙은 끝내 설명하는 데 실패하여 결국 말 전부를 내가 움직이기로 했다. 그러면서 나도 미처 몰랐던 사실을 하나 배웠는데, 일단 플레이어가 네 팀을 넘어버리면 그 윷놀이는 영원히 끝나지 않는다는 것이었다.

하루는 그만 열병에 걸렸다. 몸이 아프니 이상하게도 한국 음식이 그렇게 먹고 싶었다. 그러나 시내의 상점에까지 갈 기력이 없었다. 맥주 두 병을 나한테 준다고 해도 오토바이에 앉을 수 있을 것 같지 않았다. 그냥 굶어야 했다. 힘이 쪽 빠져서 꼬마들이 찾아와 집 안을 개판으로 만들어놔도 어찌 만류할 도리가 없었다. 조금 지나자 흥이 깨졌던지 하나둘 떠나갔다. 나는 먼 타국의 낯선 방에 홀로 몸져누워 쫄쫄 굶고 있었다.

그때 누가 문을 두드렸다. 내다보니 이십 대 중반의 청년과 그 청년의 동생인 꼬마 이렇게 둘이서 쟁반에 그릇 몇 개를 받쳐 들고 서 있었다. 체면을 차리느라 우물쭈물하는 사이 바닥에 내려놓고 가버렸는데, 냄비 뚜껑을 열자 매콤하고 시큼한 냄새가 풍겼다. 겨자 잎과 돼지고기와 마캄(타마린드)을 넣어 끓인 국이었다. 한 모금 맛보니 한국에서 먹던 콩나물김칫국과 흡사해 조금 울컥했다. 양재기에 담긴 밥을 냄비에 말아서 먹다가 문득, 이 훌륭한 음식에 후추를 솔솔 뿌리면 맛과 향이 더욱 풍부해질 거라는 생각이 들었다.

그런데 아무리 찾아도 후추통이 안 보였다.

다른 표현

오래전, 이런저런 이유로 서울을 떠나 충청도의 작은 읍에 머무르게 되었다. 이삿짐센터 용달을 타고 그곳에 도착하던 날을 나는 잊을 수 없다. 별생각 없이 계약한 작은 전셋집은 부엌이며 거실이며 끔찍하게 지저분했다. 전에 살던 주인이 서구적 취향이었는지 집 안에서도 신발을 신고 돌아다닌 모양이었다. 베란다에는 술병이 허리만큼 쌓였고 수챗구멍마다 담배꽁초가 처박혀 있었다. 침실 구석에 달린 작은 문을 여니 시체가 다섯 구는 들어갈 만큼 커다란 등유 보일러가 온갖 쓰레기를 뒤집어 쓰고서 '그 문 속히 닫거라' 하는 표정으로 나를 노려보았다. 게다가 사방의 벽지는 어두운 청색이라 들여다보고 있으면 신경중추가 마비되어 침이 질질 흘렀다.

어쨌든 그 우울한 거처에서 이십 대의 마지막 해를 보내야 했다. 가족도 친구도 없었다. 정말 심심했다. 쓸쓸하거나 고독한 게 아니라, 그저 되게 심심했다. 서울의 친구들에게 전화를 걸어봤지만 다들 자기 몫의 삶을 사느라 바빴다. 모욕당하지 않으려면 몇 마디 나누고는 이쪽에서 먼저 바쁜 척 전화를 끊는 게 상책이었다. 미괄식 대화가 예의 바르고 품격도 있다고 믿어왔던 나로서는 참 빌어먹을 노릇이었다. 나는 100년 전에 누군가가 썼던 글을 마치 내 글인 양 끼적이거나 이따금 눈에 띄는 절지동물들을 학살하며 하루하루 보냈다. 어쩌다 한국어가 그리워지면 유일하게 전파가 잡히는 채널인 교육방송을 켜놓고는 강사가 하는 말을 따라 했다. 그렇게 몇 달 지나니 턱 양쪽에 딱딱한 멍울이 느껴지면서 귓불에는 털이 나기 시작했고 보름달만 보면 가슴이 환희로 부풀었다. 나는 서서히 늑대인간이 되어가고 있었던 것이다. 친구들과 어울려 화려한 네온사인 아래의 왕자님으로 군림하던 지난 시절은 아득해지고, 사람이 평소에 어떻게 살아가는지 또 다른 사람들과 어떻게 지내는지조차 잘 기억이 나지 않았다.

결국 인간세계를 관찰하기 위해 내가 택한 방식은 영화 관람이었다. 인근에는 영화관이 없었으므로 자연스럽게 비디오 대여점을 들락거렸다. 그 지역에는 나와 같은 처지의 외톨이들이 많았던지 새로 출시된 비디오를 빌리려면 종일 대여점에 죽치고 있어야 했다. 차마 그러지는 못하고, 대신 철 지난 영화를 매일 예닐곱 편씩 빌려서는 열심히 들여다보았다. 그러던 어느날 〈유로파〉를 만나게 되었다. 뭐랄까, 몸에 전기가 흐르는 기분이었다. 전기 배선이 엉망인 집이었지만 진짜로 감전된 건 아니었다. 나는 진지하게 영화에 빠져들었다.

전후 폐허가 된 독일 프랑크푸르트를 배경으로 영화는 시작된다. 주인공인 케슬러는 철도회사에서 운영하는 기차의 침대칸 관리인인데, 점령국인 미국의 시민이어서 대접깨나 받는 케슬러를 둘러싸고 암살, 배신, 빨치산, 과거사 청산 등 묵직묵직한 주제들이 탁류처럼 뒤섞여 흐른다. 나는 그 탁류에 휩싸여 영화를 보는 내내 혼란스러웠다. 제정신인 등장인물은 하나도 나오지 않았다. 모두가 악하거나, 악에 가까울 정도로 약했다. 선악의 경계가 모호해지다가 종내는 둘을 가르는 담벼락이 무참히 무너져 내렸다.

영화에도 인용되다시피, 성경의 하나님은 우리에게 뜨겁거나 차거나 어느 한쪽을 강요하신다. 하지만 무엇이 옳은지 모르는 상황이라면, 혹은 양쪽 모두 선이거나 악이라면 우리는 어떻게 해야 할 것인가? 지옥의 형벌이 코앞에 놓여 있더라도 선뜻 어느 한쪽을 선택할 수 없는 상황, 〈유로파〉는 의지의 폐허를 너무나 생생하게 보여주고 있다.

그러나 내게 보다 충격적이었던 건 폐허의 존재가 아니라 폐허의 표현 방식이었다. 컬러의 제한적 사용에서 느껴지는 묘한 질감, 현란한 영상 기교, 기차라는 격리된 공간이 발산하는 음울한 정신병리학적 효과 등은 할리우드 영화에서 쉽게 찾아볼 수 없는 독특한 장치였다. 특히 일부만 비춰진 어두운 철길을 따라 달리다가 "내가 열을 세면 당신은 영화 속에 들어가 있게 된다"며 최면을 거는 듯한 액자식 도입부는 끝내주게 멋졌다. 주인공이 물속에 갇히는 마지막 장면에서 다시 그 불길한 내레이터의 목소리가 흘러나올 때에는, 주인공에게 지나치게 이입된 나머지 숨이 턱 막혀올 정도였다.

그토록 무수한 이야기가 이미 발화되었음에도 불구하고 우리의 이야기가 멈추지 않는 까닭은 여전히 다른 시각이 가능하다는 믿음에 기인한다. 독창적인 이야기가 사라진 시대에, 독창성에 대한 욕망은 다른 시각이 가능하다는 믿음과 결합해 독창적인 표현을 만들어낸다. 오늘날 위대한 예술가는 제각기 자신만의 표현을 발명한 이들이다. 그들에게서 독창적 표현을 제거하면 무엇이 남을까? 색다를 것 없는 비슷비슷한 이야기들만 남는다. 연암 박지원이 말했듯이 비슷한 것은 가짜다. 독창적 표현이 거세된 세계에서는 그저 기계적으로 흘러가는 비서사적 시간과 어디서 본 듯한 욕망의 부스러기만이 통속적으로 조립된 채 이리저리 굴러다닐 뿐이다. 가짜는 결코 우리를 감동시킬 수 없다. 카프카의 「변신」이 굉장한 이유는 그레고르 잠자가 어느 날 벌레가 되었다가 벌레처럼 죽었다는 '이야기' 때문이 아니다. 그 황당무계한 일화를 마치 신문기사처럼 담담하게 서술함으로써 흔해빠진 '변신 모티프'를 인간 실존이 맞닥뜨린 보편적이고 항구적인 불안의 차원으로 끌어올렸기 때문이다.

혹자는 잡다한 기교야말로 가짜라고 할지 모르겠다. 이런저런 기법을 배제한 순수한 이야기가 오히려 제대로 심금을 울린다고 말이다. 부분적으로는 옳다. 재능을 뽐내기 위해 사용된 잡다한 기교는 통일성을 깨고 감동을 저해한다. 하지만 그렇다고 해서 이야기에서 표현 방식, 즉 기법을 완전히 제거한다는 건 별로 아름답지도 않고 또 가능하지도 않다. 다큐멘터리에서조차 있는 그대로의 모든 걸 보여주는 대신 선택과 배열이라는 기법을 사용한다.

영화를 비롯한 모든 서사 장르에서 '순수'는 표현 기법의 반대가 아니라 이야기를 전달하는 방식, 즉 표현 기법의 일종이다. 달리 말해 이야기 자체는 순수라는 가치 개념과 무관하다. 순수하건 순수하지 않건 이야기 자체로는 별다른 힘을 가지지 못하며, 마음 깊은 곳에 접근할 수 없는 것이다. 사람을 울리고 웃기는 건 그 이야기가 실려오는 표현 방식이다. 표현 방식이 이야기에 절묘하게 흡착되어 요철 없이 통일성을 이룰 때, 그때 비로소 우리는 감동에 젖어든다. 이게 바로 내가 이십 대의 마지막 해에 〈유로파〉를 보며 얻은 교훈이다.

말은 거창하게 했지만, 이 글을 쓰기 위해 〈유로파〉를 다시 보니 어쩐지 지루한 감이 있다. 몇몇 장면은 시대에 뒤처진 진부한 느낌마저 준다. 차라리 일곱 번이나 돌려 본 〈소림축구〉를 얘기할 걸 그랬나? 아마도 저 옛날에는 내가 무지하게 심심했던 것 같다. 아니면 반쯤 늑대가 되어 멍청해졌었거나. 하지만, 그럼에도 불구하고 〈유로파〉는 여전히 표현의 힘이 얼마나 위대한지를 여실히 보여주는 뛰어난 작품이다. 남들이 아니라고 실컷 우겨봤자 소용없다. 내가 그렇다면 그런 것이다. 이 얘기는 이만 끝.

사족을 붙이자면 이 영화의 감독인 라스 폰 트리에는 특수효과 등 기교가 판을 치는 할리우드에 대항해 ‘도그마95’•를 주도했다고 한다. 어딘가 좀 이상한 소리다. 그럼 감독님, 2003년에 발표하신 영화 〈도그빌〉은 어찌된 건가요? 일체의 세트와 소품을 배격하고 로케이션 위주로 가자며? 응? 살인과 폭력은 등장시키지 않는다며? 응? 기교는 싫다며? 응?

• 1995년 영화 제작 현장에서 일상화된 특수효과 등을 거부하고, 당시 유행하던 작가주의 영화와 할리우드 장르영화 등을 배격하며 덴마크 감독들이 주도한 영화 선언.

4

모든 치열한 것은
조금 어렵다

위대한 문장

> 어느 아침 그레고르 잠자가 불안한 꿈에서 깨어났을 때, 그는 침대 위의 한 마리 거대한 갑충으로 변해 있는 자신을 발견했다. —프란츠 카프카, 「변신」 중

이런 문장으로 소설을 시작한다는 건 봉변을 자초하는 꼴이다. 무수한 조롱과 폭소가 쏟아질 것이며, 비평가들은 그를 익살꾼으로 선포할 것이다. 한번 내려진 판결은 쉽사리 바뀌지 않는다.

그게 무서워 알쏭달쏭한 미문이나 잔뜩 인상 쓴 허설로 도망치는 작가가 많다. 그러나 존재는 악몽처럼 불안하고 도구화된 삶은 벌레보다 앙상하다. 이토록 끔찍한 세계가 코앞에 빤히 보이는데 뭘 어쩌란 말인가? 카프카는 타협하고 순응하고 미화하길 거부했다. 그리하여 「변신」의 저 위대한 문장은 수정되지 않고 살아남았다.

어쨌든 작가가 되기로 결심한 순간부터 자존감 외에는 잃을 게 별로 없는 신분이니만큼 더 많은 용기, 더, 더 많은 용기.

그로써 일생이 피투성이로 나뒹굴지라도 마침내 그의 이름은 영원의 성전에 새겨진다.

모든 선택은 양심의 법정에서

'미국문학의 링컨', '미국 현대문학의 효시'로 불리는 마크 트웨인의 본명은 새뮤얼 랭혼 클레멘스다. 마크 트웨인은 1863년부터 그가 사용한 필명인데 수로 안내인의 용어로 '물 깊이 두 길', 즉 배가 다닐 수 있는 안전 수역을 지칭한다. 이처럼 그는 제 터전인 미시시피강 유역에 깊은 애정을 가진 작가였다. 그 사랑이 깊이 벼려진 끝에 1884년 『허클베리 핀의 모험』이라는 걸작으로 출간되었다.

이 책을 위대한 고전으로 상찬해야 할 이유는 많다. 호들갑 좀 떨자면 『그리스인 조르바』의 자유로움과 『로드 짐』의 섬세함을 지닌 주인공이 『닐스의 모험』에 필적하는 여정 속에 『보물섬』 체급의 모험을 벌이는데, 그 안에는 『걸리버 여행기』의 날카로운 풍자와 『돈키호테』의 포복절도할 엉뚱함이 곁들여져 있다고나 할까.

말하고 나니 만병통치약을 광고하는 약장수라도 된 기분이지만, 영 근거 없는 허풍만은 아니다. 오죽하면 저 잘난 헤밍웨이가 이 책을 '현대 미국문학의 기원'으로 평가했겠는가. 저명한 동료 문인에게 그런 수준의 극찬을 받은 작가는 굉장히 드물다. 러시아의 문호 도스토옙스키가 "우리는 모두 고골의 「외투」에서 나왔다"라고 말했을 때의 바로 그 고골 정도라면 모를까. 폭을 조금 넓혀 '근대소설의 시조'인 세르반테스나 '추리소설의 개척자'로 불리는 에드거 앨런 포나 '포스트모더니즘의 아버지'로 인정받는 보르헤스 등을 모두 합쳐봤자 열 손가락 안에 다 들어간다.

어릴 적, 없는 살림에도 내 아버지는 집 근처의 작은 문방구 겸 서점에 일종의 외상 장부를 만들어주셨다. 마음에 드는 책이 있으면 언제든 사서 읽으라는 호의였는데, 그 절절한 부성을 배반하고 가게 주인과 공모해 책을 산 것처럼 장부에 허위 기재한 다음 뚜껑에 자석이 달린 삼단 필통이나 알록달록한 휴대용 선풍기 따위를 들고 온 게 한두 번이 아니었다. 그래도 책을 제일 많이 샀으니 영 나쁜 아이라고 말하면 내가 섭섭하다. 아무튼 마크 트웨인의 대표작 『허클베리 핀의 모험』 역시 당시 산 책 중 하나다.

확실히 삼단 필통보다 나은 선택이었다. 나는 소설이 쉴 새 없이 토해내는 뚱딴지같은 유머에 깊이 빠져들었다. 심지어는 동화나 텔레비전 어린이 프로그램에서마저도 애답지 않은 조숙함이 강요되던 판국이라, 이 책에 담긴 걸쭉한 입담과 해진 청바지를 닮은 경거망동은 어딘가 통쾌하고 후련한 느낌마저 들었다.

그런데 이런 유머는 겉보기처럼 단순한 슬랩스틱이 아니다. 불량 청소년의 세련되지 못한 허세나 도망자의 궁여지책, 사기꾼들의 막장에 다다른 탐욕이 정말로 보여주는 것은 그 반사회적 해프닝 속에 담긴 약자들의 눈물 콧물이다. 훗날 이 책을 다시 읽으며 그와 같은 면모를 들여다보고 나니 더 이상은 예전처럼 왁자지껄 신나는 모험소설로 대할 수가 없게 되었다. 『허클베리 핀의 모험』은 어지간한 풍자소설보다 훨씬 신랄하며 신중한 세계를 담고 있다. 이는 특히 주인공이 지닌 입체적 성격을 통해 잘 드러난다.

허크(허클베리 핀)는 문명과 교양에서 탈출하는 게 직업인 악동이지만 옳고 그름을 구분하는 일에는 그 어떤 어른보다도 정직하다. 이리저리 눈 돌리지 않고 핵심만을 붙잡아 양심의 법정에 부려놓는다. 이를테면 미시시피강 연안을 따라 펼쳐지는 기나긴 모험의 와중에 허크는 중대한 도덕적 딜레마와 마주친다. 탈출한 흑인 노예 짐을 도와주느냐, 아니면 흑인을 장물 취급하는 실정법에 따라 당국에 고발하느냐 하는 선택의 갈림길에 선 것이다. 한쪽은 꼬마 부랑자인 저 혼자 옳다고 생각하는 방향이고, 반대쪽은 당대의 관습과 법률과 이웃 신사숙녀들이 이구동성으로 옳다고 가리키는 방향이다. 그 지극히 대립적인 두 갈래 사이에서는 타협도 방관도 허용되지 않는다. 어느 하나를 반드시 선택해야 하고, 일단 선택한 다음에는 결코 돌이킬 수 없다. 산전수전 다 겪은 대통령인 링컨도 흑인 해방을 그토록 힘겨워한 판에, 믿고 의지할 이 없는 열네 살짜리 가출 청소년에게 그것은 도대체 얼마나 버거운 짐이었을까.

하지만 허크는 딜레마와 맞닥뜨린 순간부터 제가 어느 편에 서야 하는지, 무엇을 선택해야 하는지 이미 알고 있었다. 설령 그렇게 함으로써 범법자로 전락하고 고상한 어른들로부터는 지옥에 떨어질 것이라는 저주를 듣게 될지라도 말이다.

살 떨리는 망설임 끝에 결심한다.

"좋아, 그렇다면 난 지옥에 가겠어."

이 한 문장으로 인해 『허클베리 핀의 모험』은 미국을 넘어 인류의 문학이 되었다.

천재의 방식

내가 정말로 좋아하는 책은 소개하기가 애매하다. 거의 대부분 절판되었기 때문이다. 포스트모더니즘 소설집인 『사랑은 오류』나 제임스 데버의 『우리 시대를 위한 우화』 같은 책은 소개해봤자 찾아 읽기가 어렵다. 왜 이처럼 훌륭한 책들은 금방 절판되는 것일까? '죽기 전에 먹어야 할 아홉 가지 조림반찬' 따위의 책들은 서점마다 가득하면서.

꽤 오래전에 나는 우연히 어느 놀라운 소설의 존재를 알게 되었다. 원서를 읽다 능력 부족으로 집어치우고는 그 몇 해 전에 나왔다는 번역본을 찾아 도서관과 서점을 기웃거렸다. 그러다 마침내 내 고향인 춘천의 서점에서 한 권 발견했는데, 기가 막히게도 그 책은 소설 코너에 있지 않고 레저 코너에 있었다. 〈낚시춘추〉와 『붕어 낚시 교실』 사이에서 잔뜩 성이 난 채로.

책의 이름은 『미국의 송어낚시』다.

나는 이 책을 읽고, 읽고, 또 읽었다. 이 책의 어떤 문장은 내겐 성스럽다. 또 어떤 문장은 너무 웃겨서 읽을 때마다 뒤로 넘어가곤 한다. 어떤 문장은 사진첩을 쓰다듬는 노배우의 손길처럼 쓸쓸하고, 또 어떤 문장은 햇살을 받은 열대의 바다같이 투명하게 눈부시다. 그러나 이 소설의 진정한 매력은 신선하고 기발한 문장보다는 텍스트 자체의 놀라운 개방성 혹은 극단적인 폐쇄성, 즉 모든 설명이 가능할 것처럼 보이면서 동시에 어떠한 설명도 전적으로 수용하지 않는다는 점에 있다. 학자들은 미니멀리즘이니 생태주의니 문명 비판이니 이런저런 소리를 하지만, 나로선 그다지 동의할 수 없을 뿐더러 그런 무시무시한 용어들은 독서의 기쁨을 두통으로 바꿔치는 어둠의 연금술에 가깝다.

도대체 이 소설은 어떻게 이리 잘나셨을 수 있을까? 간단하다. 최소한 이 소설을 쓰는 동안만큼은 리처드 브라우티건이 천재였기 때문이다. 천재가 아닌 우리도 이 작품을 읽을 수 있고, 운이 좋으면 상당 부분 이해할 수 있다. 그러나 설명할 수는 없다. 억지로 구성해낸 조잡한 설명은 이해를 돕기보다는 도리어 현혹시킨다.

천재는 우리와 다른 방식으로 우주를 대한다. 우주란 늘 우리의 이성 밖에서 운행하며 애초에 설명 불가능한 것이기에, 천재들은 주절주절 설명하고 도식화하려 애쓰는 대신 그들이 내밀하게 겪은 우주를 작품 속에 담아낸다. 천재성이 뛰어나면 뛰어날수록 작품에 담긴 우주는 진짜 우주—우리의 이성과 논리와 지식이 영원히 다다를 수 없는 저 너머의 세계—를 닮아간다.

모든 글에는 하나의 단어가 다른 단어와 연결되는, 하나의 장면에 다른 장면이 이어지는, 하나의 관념과 다른 관념이 결합되는 작가만의 방식이 있다. 나는 이 소설이 품고 있는 브라우티건의 방식들, 느낄 수 있으나 설명할 수 없는 스타일을 진심으로 좋아한다. 그래서 이 소설의 존재를 알고 또 좋아하는 누군가를 만나기라도 하면 무척 반갑고 기쁘다.

이 책은 오래전에 절판되었으나, 다행히도 몇 해 전에 새 번역본으로 출간되었다. 나는 새 번역본도 샀다. 그리고 절대로 남에게 빌려주지 않던 내 오래된 『미국의 송어낚시』와 함께 책상에 나란히 내려놓고는 어느 분이 더 잘나셨는지 가늠해보았다. 아무래도 오래된 쪽이 더 마음에 들었다. 자살하기 전 리처드 브라우티건의 촌스러운 흑백사진이 표지에 큼지막하게 걸려 있기 때문일까? 아무튼, 오래된 『미국의 송어낚시』를 들여다보고 있노라면 펜을 찾기 귀찮아 손톱으로 꾹꾹 눌러놓은 저 마술의 언어들, 여기저기 무심히 접혀 있는 귀퉁이들, 몇 년 전 집을 나간 내 고양이가 의젓하게 찢어발긴 127쪽, 그 사소하고 친밀한 흔적들이 모이고 모여 춘천의 서점에서 산 게 아니라 마치 브라우티건과 내가 머리를 맞대고 함께 써 내려간 원고라는 느낌을 주…… 아, 죄송합니다.

감옥과 희망

전쟁 상황에서 군인들은 살인을 강요받는다. 이 책 『살인의 심리학』은 실제로 살인을 수행한 군인이 갇히게 될 정서적 감옥에 대해 이야기한다. 영원히 벗어날 수 없는 그 감옥의 이름은 동족(같은 인류) 살해 행위에서 촉발된 죄책감, 그리고 이에 뒤따르는 격렬한 자기파괴 충동이다.

지은이 데이브 그로스먼은 미국의 고위급 장교이자 유능한 심리학자로서, 살해 경험 후에 다가오는 개인의 트라우마와 이를 예방 혹은 극복하는 방식을 군사전략 차원에서 분석했다. 그런데 지은이의 휴머니즘과 애국심 사이에는 이따금 독자의 마음을 불편하게 만드는 전선이 발견된다. 적이 누구며 언제부터 적이 되었는지, 어째서 그와 목숨을 걸고 싸워야 하는지, 이긴다는 것이 도대체 무슨 의미인지 역사적으로 종종 모호해짐을 염두에 둘 때, 이토록 감동적인 문장을 구사하는 지은이의 '적군 살해에서 비롯된 정신적 외상을 상쇄시키는 법'이란 얼마나 허망하고 무자비한가.

지은이는 참전용사가 겪는 트라우마의 척도가 전장에서 경험한 살해 행위보다는 이를 마치고 복귀할 때 시민들에게서 받은 지지의 농도와 더 큰 연관이 있다고 주장한다. 그러나 베트남에서 귀환한 참전용사들에게 당대 미국 시민들이 유독 야멸차게 군 이유가 무엇이었는지에 관해서는 내내 함구함으로써 전쟁 자체에 관한 근원적인 통찰의 기회를 외면한다. 하긴 그도 그럴 것이, 모름지기 군인은 지키기 위한 전쟁과 빼앗기 위한 전쟁의 차이를 구분할 필요가 없기 때문이다. 지은이는 다만, 군인들에게 동족 살해를 명령하려면 훗날 치러야 할 대가를 먼저 충분히 고려해달라고 국가에 호소한다.

이 책은 앞서 언급한 감옥으로부터 탈출하기 위한 방법을 무수한 사례 속에서 모색하며 전쟁 수행에 도움이 될 만한 실용적인 팁들을 제시하고 있다. 그러나 마지막 장에 이르러 드러나는 인상은 오히려 그 감옥의 철벽같은 견고함이다. 이는 남을 해치는 짓거리에 인간이 본능적으로 얼마나 맹렬한 거부감을 갖고 있는지 웅변한다는 점에서, 역으로 인류가 기댈 최후의 희망을 암시한다.

오토바이 이야기를 먼저 해야겠다. 오래전 태국에 머물며 글을 쓸 때 오토바이를 한 대 구입해 '마나욘(중국 개 퍼그의 쭈글쭈글한 얼굴)'이라는 태국 이름을 붙여주었다. 그리고 일 년 가까이 탔다. 바람을 가를 때 들려오는 마나욘의 엔진 소리는 이만저만 근사한 게 아니었다.

그런데 생각해보면 마나욘은 특별한 구석이라고는 전혀 없는 녀석이었다. 주문 제작한 수제품이 아니라 혼다에서 갓 출시한 신형 스쿠터에 불과했기 때문이다. 당시에 신호 대기를 받아 교차로에 서 있으면 좌우로 최소한 서너 마리의 마나욘 형제들을 볼 수 있었다. 그런데도 왜 나는 그 녀석을 생각할 때마다 숨겨둔 애인을 떠올리는 것처럼 가슴이 뛰는 걸까?

거기에는 관계의 힘이 숨어 있다. 같은 날 같은 시리즈의 스쿠터 수백 대가 팔렸지만 알 수 없는 어떤 섭리로 인해 마나욘은 하필 내 몫이 되었고, 내 점잖은 엉덩이를 받치는 탈것이 되어 열대의 거리를 질주했다. 밤새 서늘하게 식었던 엔진은 내 사소한 손놀림에 다시 힘차게 뛰었으며, 그때마다 나는 한국어로 이리 속삭이곤 했다.

"자, 또 한번 신나게 달려볼까?"

관계는 그렇게 시작되는 것이다. 마나욘에게 더러운 것이 묻으면 내 손이나 옷을 동원해 닦아주었고 같이 넘어졌어도 병원보다는 정비소에 먼저 갔다. 그러니 마나욘의 부르릉거리는 숨소리를 내가 어찌 구분 못 할 수가 있겠는가? 나에게 있어 마나욘은 과학기술의 집약체가 아니라 어딘가 좀 모자라 내가 돌봐줘야 하는, 그리고 그 대가로 나를 여기저기 업고 다녀주는 9마력짜리 친구였다. 피그말리온 신화가 보여주듯 이런 식으로 관계는 공학적 형상에 인격을 부여할 뿐만 아니라 그 형상과 정신적 소통까지 가능하게 만든다. 논리와 느낌의 융합, 다시 말해 고전적 세계 이해 방식과 낭만적 세계 이해 방식의 화해는 실상 개개인의 사소한 경험 속에서도 이처럼 활발하게 이루어지고 있다.

로버트 메이너드 피어시그의 『선과 모터사이클 관리술』은 물질과 느낌이 관계 맺는, 혹은 물질과 느낌의 구분이 와해되는 지점으로 향하는 여행자들을 위한 가이드북이다. 이 책은 지난 1970년대 출간되어 무수한 찬사와 함께 23개국 언어로 600만 권이 판매될 만큼 열광적인 반응을 얻었다. 모든 작가들이 꿈꿀 만한 이러한 성공의 배경에는 저자의 가치 탐구에 대한 열정이 숨어 있다. 저자인 아버지와 열한 살짜리 아들이 미국의 중북부 지방에서 서부 태평양 연안까지 모터사이클을 타고 달린 17일 간의 실제 여행을 바탕으로 했는데, 부자 사이에 오고 가는 대화와 침묵, 그 틈에서 발생하는 사유와 성찰, 그에 더해 저자 자신이 젊은 시절부터 걸어왔던 지적 여정 또한 빼곡하게 적어놓았다. 저자는 '합리성이라는 유령'의 발자취를 쫓아가는 과정에서 논리와 낭만, 현상과 느낌, 실체와 환영의 구분을 흐트러뜨린다. 그럼으로써 유아론唯我論이 주장하듯 '현상은 감각의 속임수'라거나, 환원론還元論이 밝히듯 '정신은 물질의 결과'라는 견해 중 어디에도 치우치지 않은 상태로 현상과 정신이 융합되는 초월을 제시한다. 현대인이 목말라하는 제3의 대안이며 수많은 언어권에 호소력을 가진 이유다.

이 책이 탄생한 시대가 히피 운동이 유행하던 시기였음에 주목할 필요도 있다. 히피들은 자본주의의 물질 숭배를 극단적으로 혐오했다. 그러나 히피들의 아버지 세대는 생존의 수단인 물질을 확보하기 위해 평생을 바친 사람들이었다. 저자의 문제의식은 바로 그 지점에서 출발한다. 물질을 추구했던 아버지 세대와 물질을 혐오하는 히피 세대 간의 충돌에서 저자는 대안을 찾고자 한다. 물질을 부정하지 않으면서 매몰되지도 않는 삶의 방식, 그게 과연 가능할까? 이야기 양식인 소설과 사유 방식인 철학의 경계를 넘나들며 저자가 부단하게 던지고 또 던지는 질문이다.

그런 점에서 저자가 제3의 대안, 곧 선禪의 구체적 사례로 한국의 옛 성벽을 곳곳에서 거론하는 대목을 놓쳐선 안 될 것이다. "한국에서 보았던 성벽은 기술 공학적 행위의 산물이었다. 아름다웠지만, 이는 노련한 지적 기획 때문도 아니었고, 작업에 대한 과학적 관리 때문도 아니었으며, 그 성벽을 '멋들어지게' 하기 위해 과외로 지출한 경비 때문도 아니었다. 그것이 아름다웠던 것은 그 성벽을 쌓는 일을 하던 사람들이 대상을 바라보는 나름의 독특한 방식을 소유하고 있었기 때문이다. 그들은 자기 초월의 상태에서 그 일을 제대로 하도록 자신들을 유도하는 방식을 소유하고 있었던 것이다."•

성벽을 쌓던 인부들의 태도는 모터사이클을 관리하는 기술과 만나고, 그것은 다시 과학기술문명 속에서 살아갈 수밖에 없는 오늘날 삶의 자세로 이어진다. 돌을 공들여 쌓아나간 그 정교한 자연스러움 혹은 자연스러운 정교함을 보며 저자는 물질적 욕망만으로는 설명해낼 수 없는 초월의 영역을 깨닫는다. 이 책이 물질적으로 한층 풍요로워진 오늘의 대한민국에 새롭게 읽혀야 하는 이유가 바로 여기에 있다.

저자의 여정을 따라가다보면 독자는 이분법적 사유의 여러 경계가 말랑말랑하게 녹아내리는 느낌을 체험하게 된다. 내용뿐 아니라 문학과 철학을 자유롭게 넘나드는 형식도 독특하다. 서로 배치되는 듯한 두 요소를 한 그릇에 담아낸 서사구조는 특

• 로버트 메이너드 피어시그, 『선과 모터사이클 관리술』, 장경렬 옮김, 문학과지성사, 2010, 516쪽

히 매력적이다. 모터사이클의 급한 속도를 사유의 느린 걸음이 보완하고, 넓게 펼쳐진 서정적인 풍광은 물질현상에 대한 사색과 궁합이 맞는다. '전기치료 요법이라는 공학 기술로 인해 기억상실증에 걸린 철학자 아버지'라는 설정, 그에 더해 '정신병력이 있는 아들과 아버지의 오토바이 여행'이라는 낯설고 위태로우며 심지어 무모해 보이기까지 한 설정 또한 끊임없는 독자의 긴장과 호기심을 불러일으킨다.

이처럼 무수한 장점에도 불구하고, 그러나 나는 이것이 사람에 관한 책(소설)이라기보다는 우주에 관한 책(철학서)에 가깝다는 느낌을 받았다. 작가 자신도 이 책을 소설이라기보다는 자신이 겪은 지적 갈등의 역사를 진술하는 도구라 대놓고 주장한다. 그러다보니 살짝 난해할 뿐 아니라 갈팡질팡하는 진로를 대면해 막막해지는 마음을 어찌할 수 없다. 기괴한, 그러나 족족 옳은 소리만 하는 스코틀랜드의 철학자 흄과 맞서고 칸트에게서 빌려온 선험적 모터사이클을 옹호하며 난해한 선禪 철학에 얻어맞아 이리저리 비틀거리다가 기계공학을 찬양한 다음 곧바로 해마를 바꿔치기한 양 합리성을 향해 으르렁거린다. 이성理性 탐구 작업이 실패한 뒤에는 질質에 덤벼들어 맹렬히 고찰하고 질이야말로 정신과 물질을 발생시킨 하나의 사건이라 기염을 토하더니 이를 덜컥 『도덕경』에서 말하는 도道에 연결시켜 주체와 객체를 나누는 합리성의 한계를 넘어섰다며 자화자찬한다. 이와 같은 아찔한 지적 탐구의 여정은 희랍철학으로 옮겨가 탁월성을 의미하는 '아레테'에 갖다 붙이면서 극에 달하는데, 미루어 짐작건대 이쯤에서 저자는 운전면허 취소 더하기 사흘 구류에 해당하는 수준의 자아도취를 맛보았을 법하다.

그러나 너무 긴장할 필요는 없다. 힘들게 읽을수록 이 책은 우리와 무관한 펄프 조각 혹은 허무맹랑한 넋두리가 되어 손이 닿지 않는 곳으로 날아가버린다. 겁먹지 말고, 모닥불 곁에서 재밌는 이야기를 듣듯 슬섭게 읽어야 한다. 곳곳에 배치된 다양한 서사장치 덕분에 의외로 어렵지 않은 일이다.

결국 모든 이야기가 끝나고 뜻밖의 절망과 희망이 덧입혀진 후기마저 덮은 지점에서 우리는 기존에 억눌려 있던 가치들의 복원, 다시 말해 물질과 정신의 자연적이며 원초적인 소통을 목격하게 된다. 물질은 정신의 맞은편이 아니라 정신 내부에 자리하고 있으며, 정신 또한 마찬가지로 물질의 일부다. 물질과 정신은 공히 서로의 원인이자 결과다. 돌이켜보면 대초원과 외딴 마을이 여행자의 마음을 움직인 배경에는 오토바이라는 강철의 형상이 있지 않았던가. 현대문명이 일구어낸 배타적 경계성이 무화된 곳, 조악한 이원론에서 벗어난 그곳이 바로 작가가 추적한 선의 영역인 셈이다. 정신과 물질은 존재의 두 팔이며, 사이에 낀 가슴을 통해 혈액처럼 부드럽게 교통한다.

좋은 책은 동시에 훌륭한 인생 가이드북이기도 하다. 『선과 모터사이클 관리술』은 철학이 인생에 중요할 수밖에 없는 근거뿐 아니라 이야기가 여러모로 삶에 축복인 이유 또한 암시한다.

깊이 생각하기에 익숙하지 않은 독자라면 조금 어렵게 느낄지도 모르겠다. 그러나 모든 치열한 것은 조금 어렵다.

모두가 우연

인간의 힘으로는 알 수 없는 작용에 의해 벌어진 사건이라는 점에서, 우연과 운명(필연)은 동일한 현상에 대한 상반된 시각이다. 그럼에도 우리는 인생의 크고 작은 굴곡들마다 습관적으로 '우연' 또는 '운명'이라는 딱지를 붙이며 살아간다. 슈테판 클라인의 『우연의 법칙』은 그 기준이 얼마나 애매한지 생각해 본 적이 있느냐며 말을 걸어온다. 우연에 과중한 의미를 부여하면 운명이 되는 것이고, 틀림없이 운명처럼 여겨질지라도 당장에 별다른 가치가 없으면 우연으로 전락하고 만다. 결국은 당사자가 받아들이기 나름이라는 얘기인데, 그렇다면 이어지는 다음 문제, 과연 어느 쪽을 택할 것인가?

지은이는 이 책을 통해 우리의 세계가 무질서한 우연의 법칙에 지배당하고 있음을 조목조목 설명한다. 그의 주장이 마냥 즐겁기만 한 것은 아니다. 자연의 섭리나 교육의 목적마저 부정당하는 대목에 이르러서는 분노와 함께 허탈감이 밀려오기도 한다. 우리 대부분은 운명이라는 단어가 암시하는 안정적이고 자기중심적인 내러티브를 사랑하기 때문이다. 확률에 따라 이리저리 흔들리는 대로 살아가야 한다면 얼마나 어지럽고 쓸쓸할 것인가. 하지만 지은이의 논리에는 좀체 반격하기가 어렵다. 그것은 이 책이 진리를 담고 있어서라기보다는 놀라운 집중력과 다방면에 걸친 증거, 그리고 빛나는 문장을 담고 있어서일 것이다. '운명'이라는 미신을 몰아내자는 주장을 흐트러짐 없는 목적의식과 일관된 논리로 펼쳐내는 지은이의 솜씨는 적의 특징으로 적을 공략한다는 점에서 역설적이다.

실용적이거나 희한하거나 진위가 미심쩍은 온갖 장르의 이론, 연구 결과가 이 책에 현란하게 펼쳐져 있다. 설득을 당하든 어느 지적인 염세주의자의 말장난으로 치부하든 판단은 결국 독자의 몫이다. 이 책에 빠져들어 있는 동안에도 우주는 제 고유한 법칙에 따라 말없이 운행한다.

매너 농장의 피비린내

당신이 평생 한 권의 책만을 읽어야겠다면 『이솝우화』를 권한다. 이제껏 수천 년 동안 살아남은 명작이다. 그러고도 시간이 남으면 조지 오웰의 『동물농장』을 읽어라. 앞으로 수천 년 동안 살아남을 이야기다.

그 후에는 무엇을 읽어야 할지 자연스럽게 알게 될 것이다. 우화가 하는 일이 바로 그거니까.

상징들마저 진부해진 요즘 감각으로 볼 때, 칠십 가까이 먹은 이 고령의 알레고리 소설은 표적이 너무 빤하게 드러난 느낌이다. 게다가 공산혁명 전후의 러시아 상황을 거의 일대일로 우의하고 있지 않은가. 문학예술과 선동 구호의 경계에서 아슬아슬하게 줄타기를 하는 듯한, 거칠고 도식적인 줄거리를 지니고 있다.

그러나 조금 더 찬찬히 들여다본다면 이 소설이 풍자하는 바가 단지 러시아의 근현대사에 국한되지 않는, 인간의 본성 자체라는 걸 알게 된다. 아니, 이렇게 말하는 편이 낫겠다. 사회가 악한 방향으로 흘러가는 과정은 매번 이토록 도식적이라고, 악당들이 우리를 착취하는 방식은 예나 지금이나 놀라우리만치 진부하며 창의성이 없다고.

그런데도 왜 우리는 효과적으로 저항하지 못하는 걸까?

바로 그게 문제다. 제 아무리 얄팍하고 속이 훤히 들여다보이는 속임수일지라도 십중팔구 먹혀든다. 왜냐하면 반짇고리를 차고 다니며 우리의 성난 입술을 꿰매는 범인이 바로 우리 중에 있기 때문이다. 비극적이게도, 우리 중 많은 이들이 '양'인 것이다.

지배계층은 결코 홀로 살아남을 수 없다. 그들에게는 피지배계급 중에서도 '양'이 꼭 필요하다. 저희들을 경호하는 한 줌의 '개'들보다 훨씬 필요하다. 의심과 분노가 터져 나오는 순간마다 주인님이 가르쳐준 노래를 합창하여 소음을 일으키는 '양'들이 있어야 비로소 지배의 권위는 단단하게 유지된다.

그럼 양을 싹 다 없애버리면 되겠네?

아니, 그럴 수 없다. '양'이란 저기서 떼로 어슬렁대는 저능아인 동시에 실은 우리 인간 본성의 가장 깊은 일부이기도 한 까닭이다.

편안하게 살 수 있었지만 그러지 않았던 사람이 있다. 제국주의 시대에 말단 착취계급 가정에서 태어나 그 스스로가 아시아의 민중을 수탈하던 인물이었다. 하지만 오래지 않아 계급장을 떼어 던져버렸다. 이어 공산주의에 경도되었다가 현실과 괴리를 보이는 이상에 절망하여 그마저 떠났다. 이러한 헌신적이고 구도적인 체험을 통해 휴머니즘을 도외시하는 어떠한 이념도 결국은 삶을 지옥으로 내몰 수밖에 없다는 사실을 깨달았다. 인간이 빠진 이데올로기란 찬란한 수사로 직조해낸 가면에 불과했던 것이다. 『동물농장』의 행간마다 어찌할 수 없는 혐오와 분노의 억양이 배어 있는 이유는, 오웰이 온갖 이념과 이상이 소용돌이치던 근대의 격동기를 살아오며 그 얄팍한 속임수에 마음을 너무 많이 다친 탓이리라.

이 걸출한 이야기가 고발하는 악의 구조는 시공을 초월하여 쉽게 관찰된다. 지금 이곳 역시 마찬가지다. 식민 통치에서 벗어나고 70여 년, 이 땅엔 현재 무슨 일이 벌어지고 있는가? 대규모 자본이 윤리와 교육의 가치마저 집어삼키고, 귀족과 천민의 경계는 더욱 뚜렷해졌다. 오늘의 지배계급은 지난날 일제가 수행했던 작업을 충실히 계승하고 있다. 뻔뻔하건 교활하건 간에 그들이 동원하는 모든 논리의 목적은 언제나 일정한 방향, 그러니까 '더 많은 착취'로 수렴된다. 도처에서 돼지들의 울음소리가 들려온다. 입을 맞춘 듯 시장 논리와 무한 경쟁을 떠들썩하게 옹호한다. 누구도 우대하지 말고, 누구도 억압하지 말고 다 함께 나아가자고 격려한다.

듣기엔 참 구수한 얘기다. 하지만 출발선이 다르게 설정된 주자들 간의 뜀박질 속도 평등이 도대체 어떻게 평등이란 말인가?

그런 점에서 이 소설이 보여주는 가장 진지한 통찰은 '왜곡된 평등'을 겨냥하고 있다. 우리는 동일한 심신을 지니고 태어나지 않았다. 매너 농장의 여러 동물들처럼 각기 가진 달란트가 다르고, 배경과 환경과 목표와 성향이 다르다. 우리는 저마다 다르게 태어났다. 프로크루스테스*가 하는 것보다 조금이라도 나은 평등을 논하려면, 개개인의 태생적이며 구조적인 차이를 먼저 염두에 두어야 한다. 타인을 인식하는 행위는 있는 그대로의 차이를 납득하고 수용하려는 마음가짐에서 비롯된다. 반면에 전체주의의 속임수는 동일성만을 강조하며 그로 인해 터져 나오는 비명과 절규를 반동의 이기심으로 호도하는 지점에서 시작된다.

힘이 센 자와 약한 자의 다툼이 있을 때 양쪽에 똑같은 잣대를 적용하는 행위야말로 불공평한 처사다. 눈을 가린 채 어느 쪽이 무거운지 천칭으로 가늠하는 법의 여신은 그냥 어리석은 여자일 뿐이다. 맹인 시늉이 당장엔 근사해 보일지 몰라도, 조금 지나면 "모든 동물은 평등하다. 그러나 어떤 동물은 더욱 평등하다"며 불멸의 헛소리를 읊게 된다. 게다가 그녀의 오른손에는 시퍼런 칼까지 들려 있지 않은가. 보고 듣는 권능을 포기한 교조주의자에게 무기마저 들려주면 거기에는 도저히 당해낼 재간이 없다. 이런 식으로 법은 순한 '양'이 되어 돼지들의 만찬에 초대받고, 강자와 약자의 양분 구도는 돌이킬 수 없이 고착된다.

살냄새가 나지 않는 모든 이상은 결국 피냄새를 풍기게 된

* 그리스 신화에 나오는 노상강도. 나그네를 초대해 침대에 눕히고 침대보다 크면 다리나 머리를 자르고, 작으면 다리를 잡아 늘여 죽였다.

다. 동물들이 득실거려 어쩐지 즐겁고 귀엽고 뒤뚱뒤뚱 신이 날 것 같은 이야기에 피비린내가 진동을 하는 건 그 때문이다.

끔찍한 소설이다.

변신하는 책

이 소설을 처음 만난 건 고등학교에 다니던 시절이었다. 『백 년의 고독』이라는 간략한 제목을 달고 있었는데, 낯선 지명과 똑같은 이름의 등장인물들과 허무맹랑한 사건 전개에 질려 즐겁게 읽지는 못했다. 그게 우리의 시시한 첫 대면이었다.

두 번째 만남은 그로부터 3년 뒤, 대학 동아리에서 발표를 준비하면서였다. 이번에는 『백 년간의 고독』이라는 제목이었다. 아, 전혀 다른 느낌이라서 내가 전에 본 그 소설이 맞는지 혼란스러웠다. 일단은 낯선 지명이 전처럼 거북하지 않고 오히려 매력적이었다. '아르카디오'나 '아우렐리아노' 따위의 인명이 중복해 등장하는 것도 삶의 무한반복을 상징하는 신선한 장치로 여겨졌다. 이른바 '마술적 사실주의'라 불리는 서사기법 역시 새롭고 놀라웠다. 하지만 거기까지였다. 아직은 독서가 가벼운 취미에 불과한 탓이었을 것이다.

다시 몇 년이 지난 어느 가을이었다. 이제는 보편적으로 통용되는 제목을 단, 안정효 번역의 『백 년 동안의 고독』을 읽으며 나는 몇 번이고 독서를 중단해야 했다. 무섭고 숨이 막혔다. 그즈음 작가가 되어보겠답시고 여기저기 원고를 보내던 나에게 『백 년 동안의 고독』은 어찌 깎아내릴 도리가 없는 서사의 원형이요 정본이었다. 신화를 연상시키는 첫 장면에서부터 예언이 입증되는 마지막 장면까지 쉴 새 없이 갈래를 치는 이야기의 격류는 좁게는 부엔디아 가문의 흥망성쇠, 넓게는 라틴아메리카의 근대사, 더 넓게는 에덴에서 비롯된 인류사 전체와 맞물리면서 메스꺼울 정도의 웅장함과 폭발력으로 나를 뭉갰다. 거의 모든 문장이 주문과 같은 기법으로 쓰였고, 그러한 황홀은 소설을 읽을 때보다는 다 읽고 나서 전체를 되새김질할 때 더욱 크게 다가왔다. 소설의 첫 부분이나 마지막 부분, 혹은 손이 닿는 아무 부분을 펼쳐보아도 거기에는 흠잡을 수 없는 마성이 울려대고 있었다.

하지만, 그 역시 이미 많은 사람들이 경쟁하듯 알고 있던 사실이었다.

며칠 전 이 서평을 쓰기 위해 다시 펴들었을 때, 나는 『백 년 동안의 고독』이 그새 또 한 차례 변신했음을 깨달았다.

이 소설은 서사를 풀어내는 것이 아니라 서사 자체를 언급하고 있다. 말하자면 제시된 서사가 '꾸며진 이야기'에 머물지 않고 서사 자신을 반영하는 쪽으로 나아가고 있는 것이다. 숨겨진 화자인 집시 멜퀴아데스는 향후 백 년의 역사를 예언하고, 이

후에 벌어지는 마콘도에서의 드라마틱한 삶은 그 예언에 시간적 질서를 더하며 도열한다. 양피지의 문장이 끝나는 동시에 소설의 서사도 끝난다. 요컨대 기존의 진실이 서사로 허구화되는 것이 아니라, 기존의 허구가 새로운 진실로 현현하고 있다. 같은 관점에서 서사 창작 행위 자체에 대한 은유도 도처에서 포착된다. 이를테면 아마란타 우르슬라와 아우렐리아노가 자신들의 관계를 찾아가는 장면은 서사구조에 '개연성'을 부여하는 과정과 흡사하다. 기존에 발화된 내용을 바탕으로 앞으로의 행동이나 사고를 결정하는, 또는 현재의 행동이나 사고에 논리적 정당성을 부여하는 작업인 것이다.

『백 년 동안의 고독』에서 '이야기'란 단어는 예언인 동시에 살아 있는 모든 존재에게 부여된 쾌락의 원천, 다시 말해 행동을 촉발시키는 동기다. 우르슬라도, 페르난다와 그 아들도, 레메도 모두 자기 자신을 위해 이야기를 지어낸다. 소설의 흐름을 바꾸는 능동적인 인물들은 모두 이야기를 지어내고, 주어진 운명에 순응하는 인물들은 모두 이야기를 경청한다. 소설의 결말을 주도하는 인물인 아우렐리아노 부엔디아는 유일하게도, 이야기를 지어내거나 경청하는 대신 양피지에 적힌 역사를 통괄적으로 해독한다. 텍스트의 최종 마침표를 기점 삼아 그간 제시된 모든 의미들의 연쇄가 바야흐로 정리되기 때문이다. 참혹하게 죽어간 가문의 마지막 후손은 갓난아이로서, 서사행위의 양방향을 통틀어 가장 무기력한 존재다. 발언의 시간도 경청의 시간도 이제는 끝이 났기 때문이다.

더불어 이 소설에는 지어낸 이야기로 인해 왜곡되는 현실과, 그에 대한 꾸며낸 이야기의 저항으로 해석될 법한 메타포가 수차례 반복되어 등장한다. 예를 들어 학살당한 3천 명의 시위 군중에 관한 역사적 사실은 지배계층이 지어낸 가짜 역사가 은폐한다. 그리고 그 순간에 왜곡된 역사는 진짜 역사를 대체하는 부정한 현실이 된다. 이 경우 진실이 아닌 현실과 진실인 현실 사이에 우리가 참고할 수 있는 어떤 지표라도 있는가? 소설이 내리는 답에 의하면, 없다. 그렇다면 우리는 우리가 진실이라 믿는 대상에게 어느 정도의 신뢰와 확신을 가질 것인가? 혹은 어느 정도의 회의와 의혹을 품을 것인가? 궁극의 진실은 엄격한 단수일 수밖에 없기에, 조금이라도 회의와 의혹이 깃든다면 그 진실의 순수성은 밑바닥까지 훼손된다. 그런 기준하에서는 황당무계한 허구가 오히려 정직하다는 결론이 나온다. 왜냐하면 그러한 이야기들은 의심의 여지 없이 허구이기 때문이며, 적어도 '허구성' 하나만큼은 올곧게 신용할 수 있기 때문이다. 서사문학의 핵을 아우르는 절대 기준, 작가들의 코기토가 발현되는 시점이다.

이것은 우리 세계를 모사하는 이야기가 아니다. 우리 세계를 품고 있는 이야기다. 기억에 없는 과거를 수렴하고, 아득한 미래를 앞서 표절한다. 우리 각각의 삶이 이 책의 매 페이지, 또는 매 문장인 것이다. 아니, 이렇게 말하는 편이 낫겠다. 『백 년 동안의 고독』은 세계 자체에 대한 이야기라고, 왜냐하면 세계가 실은 이야기로 이루어졌으며 이야기야말로 우주만물이 작동하는 기본원리기 때문이라고.

모든 좋은 글은 살아서 스스로 변신한다. 나는 이 책을 네 번 읽었으며 그때마다 각각 '이질감'과 '새로움'과 '폭발하는 서사', 그리고 '이야기의 본질에 관한 자기 반영'을 읽었다. 훗날 이 위대한 소설을 다시 접할 때 과연 무엇을 발견하게 될지, 오늘의 나로서는 감히 짐작조차 할 수 없다.

쓸 데 있는 질문

더글러스 애덤스의 소설 『은하수를 여행하는 히치하이커를 위한 안내서』에는 초지능—범차원 존재들이 슈퍼컴퓨터를 개발한 이야기가 나온다. '깊은 생각'이라는 이름이 달린 슈퍼컴퓨터는 초지능—범차원 존재들에게 질문받은 대로 삶과 우주 그리고 모든 것에 대한 궁극적인 해답을 산출하기 위해 750만 년 동안 계산을 거듭했고, 마침내 '42'라는 난데없는 답을 내놓는다. 커트 보니것의 소설 『타이탄의 미녀』는 시공을 넘나드는 장대한 서사의 대단원에 이르러 지구의 형성과 생명의 탄생, 인류 진화와 역사의 근본적 원인을 설명한다. 이 모두는 기기 고장으로 태양계에 불시착한 어느 외계인 우편배달부에게 조그만 부품 하나를 조달하기 위함이었다. 아이작 아시모프의 단편 「최후의 질문」에는 우리의 삶을 영원히 유지하거나 혹은 재개할 방법을 묻는 질문이 '엔트로피의 역전법'으로 포장되어 등장한다. 10조 년에 걸친 연산을 끝낸 뒤 무한자동컴퓨터는 수명이 다한 암흑 우주를 새로운 상태로 되돌릴 묘책을 내놓는다. "빛이 있으라."

이처럼 서사 전체를 관통하는 고상하고 위대한 질문들이 마지막에 이르러 하나같이 기상천외하리만큼 허탈한 결론에 도달한다. 거 쓸데없는 소리 좀 작작 하라고 부모님께 꾸중을 듣는 기분이다. 아니 그런데 '삼라만상의 궁극'도 쓸데없는 소리고 '인간의 존재 이유'도 쓸데없는 말이며 '우주의 영원과 회귀'도 쓸데없는 얘기라면 도대체 뭐가 쓸 데 있다는 건가.

그래서 세상 많이 바뀌었다는 소리가 나오는 것이다. 전에 알던 상식이 지금은 예외가 되었다. 이를테면 고전 서사는 흔히 심오한 질문의 하중을 거창한 줄거리로 떠받친다. 호메로스의 『일리아드』에서는 멀쩡하던 나라가 왕자의 치정 한 번에 쑥대밭이 되어 멸망한다. 나관중의 『삼국지연의』는 고만고만한 남자 셋이 의기투합해 중국 대륙을 쪼개는 이야기다. 박지원의 『허생전』을 보면 무일푼 서생이 일면식도 없는 갑부를 만나 큰돈을 꾸고 그 돈으로 국가경제의 근간을 뒤흔든다. 이와 같이 고차원적인 주제의식, 단순무식한 설정과 선 굵은 전개, 깔끔하게 구분되는 기승전결, 그리고 이 모두를 통괄하는 논리적이며 해결지향적인 허풍 언어야말로 오랫동안 서사문학의 표준이었다.

그런데 언젠가부터 이해와 공감 중심인 현실 언어가 출현해 그 자리를 대체하기 시작했다. 이웃 같은 등장인물들이 모여 이 얘기 저 소문 시시덕거리며 어울린다. 먼 구도求道 대신 무릎 끝의 살가움을 교환한다. 특별한 일탈이 벌어지나 싶다가도 통금 시간은 준수한다. 이처럼 질문들이 사소해지면서 혹은 평범하거나 남루해지면서 독자들은 질주하는 서사의 쾌감 대신에 동료의식에서 오는 위무를 얻는다. 농부와 가수와 경찰이 모두 한 곳만을 뚫어지게 바라보던 거대 담론의 시대에서 내밀한 체온의 시대로 이동했으니, 과연 오늘날의 서사가 어제의 덕목들을 조롱하고 새로운 목소리를 내는 건 자연스러운 이치일 수밖에 없겠다. 제국의 수호나 민족의 중흥, 악을 물리쳐 정의를 회복하는 대업도 꽤 중요하겠지만 당장은 도라져 집을 나간 사식 데려오는 게 우선이다.

영화 〈은하수를 여행하는 히치하이커를 위한 안내서〉의 마지막 장면에서 아서 덴트는 세상의 어떤 크고 심오한 질문들도 행복을 가져다주지 않았다고 토로한다. 진심으로 가치 있는 질문이 은하수와 같은 저 거시적인 세계에 있지 않았다는 고백이다. 그러한 아서 덴트가 항변하듯 밝히는 정말 중요한 질문, 고민하는 일주일 내내 그를 행복하게 만들어주었던 질문, 그러므로 인생에서 참으로 '쓸 데 있는 질문'은 다음과 같이 작고 사랑스럽다.

"그녀가 내 반쪽일까(Is she the one)?"

포스트휴먼

기존에 없던 존재에 관한 과학소설 몇 편을 따라 읽는 일이 포스트휴먼의 본성을 파악하는 작업에 큰 도움은 없을지 모르나, 한편으로 우리 자신의 본성을 조금 더듬어볼 계기 정도는 되어줄 것 같다.

영국의 과학소설가 브라이언 올디스는 메리 셸리의 『프랑켄슈타인』이야말로 현대적 과학소설의 효시라 주장했다. 아닌 게 아니라 조너선 스위프트의 『걸리버 여행기』, 프랜시스 베이컨의 『새로운 아틀란티스』, 요하네스 케플러의 『꿈』과 같은 선조 과학소설이 세계 및 신세계를 공상의 수준에서 재구성한 것과 달리 셸리는 사유 부재의 기술적 진보가 자연의 섭리를 훼손할 때 발생할 재앙을 명백히 과학적 관점에서 경고하였다.

소설은 제네바의 천재 과학자 프랑켄슈타인이 죽은 자의 시신을 이용해 신장 244센티미터의 거인을 창조하는데 이 흉측한 괴물이 그만 난동을 부린다는 줄거리를 갖는다. '말을 통 안 들어서(혹은 리모컨이 고장 나서) 일을 망쳐버리는 인조인간'이라는 매력적인 기본 틀은 이후 무수히 많은 서사작품들을 잉태한 인기 모티프다.

괴수 이야기 옷을 입고 있되 『프랑켄슈타인』의 사상적 함의는 매우 심오한 수준이며 당대 및 후대에 끼친 파장 또한 대단했다. 셸리는 생명 윤리에 대한 진지한 고뇌와 성찰 없이 우리가 과연 생명체를 창조하고 이를 우리 세계에 받아들일 준비가 되었는지 물었는데, 이 질문의 유효성은 놀랍게도 200년 넘게 흐르는 동안 전혀 줄어들지 않았다.

과학소설의 거장 쥘 베른이 과학적 실현 가능성을 끝까지 물고 늘어진 반면 동시대의 라이벌 허버트 조지 웰스는 훨씬 과감한 상상을 펼침으로써 메시지 전달 및 올바른 질문의 제시에 집중했다. 덕분에 과학소설이라기보다는 환상소설에 가깝다는 혐의도 곧잘 받아왔는데, 전혀 근거가 없는 혐의는 또 아니어서, 잠수함이나 달 탐사 등 쥘 베른이 제시한 미래의 과학기술 대부분이 금방 실현되었던 데 반해 웰스의 아이디어들은 실현 여부가 일정치 않다. 이를테면 『해방된 세계』의 원자폭탄 아이디어는 예견한 그대로 실현된 반면 『투명 인간』은 물리학자 미치오 가쿠에 의해 '지금 당장은 불가능하지만 물리학의 법칙에 위배되지는 않는', 그래서 '21~22세기 안에 어떻게든 실현될 가능성이 높'은 기술로 분류되었고 『타임머신』 역시 가쿠에 의해 '물리

법칙의 위배 여부가 아직 분명치 않'아서 '수천, 또는 수백만 년 후에나 실현될 수 있는 기술'로 분류되었다. 용어가 점잖아서 그렇지, 이 정도면 그냥 잠꼬대란 소리다.

하지만 과학소설의 성패가 오로지 실현 가능성에 달린 건 아니다. 『타임머신』은 '타임머신'이라는 단어를 만들어냈다는 사실 하나만으로도 큰 의미를 갖는다. 이 놀라운 단어는 독자들의 상상력을 극한까지 자극한다. 과학을 이용해 시간을 빨리 감거나 되돌릴 수 있다면, 그 밖에 못 할 일이 또 뭐가 있겠는가?

작품은 시간 여행이 가능한 기계를 발명한 어느 과학자의 고백을 담고 있다. 이야기에 등장하는 먼 미래, 그러니까 80만 년 후의 지구는 번영을 누리는 고상한 영혼들의 유토피아가 결코 아니다. 인간은 종이 구별될 정도로 분열되어 있어서 지하에 사는 흉측한 식인종 멀록, 지상에 살며 밝고 아름답지만 그래 봤자 멍청하게도 멀록의 먹잇감인 엘로이가 불안한 긴장 속에서 대립관계를 유지한다.

소설 전체에 깔린 풍경은 찰스 다윈의 주장과 정반대로 퇴화론을 연상케 한다. 상대를 잡아먹을 만큼 분열된 우리의 후손, 한쪽은 멍청하고 다른 한쪽은 흉측한 미래의 인류가 바로 웰스가 바라본 포스트휴먼이다. 도대체 어쩌다가 이 지경이 된 것일까? 작중의 시간 여행자는 자기 시대 자본가와 노동자 사이의 골이 먼 미래에 이르러 그처럼 심각하게 확대된 게 아닐까 고민해본다. 다시 말해 이 끔찍한 디스토피아는 웰스가 목격한 계급

갈등의 극단적 종착점인 것이다.

카렐 차페크는 프란츠 카프카 못지않게 세계인의 사랑을 받는 체코 작가로 국내에도 많은 독자를 거느리고 있다. '로봇'이라는 보통명사는 바로 이 차페크의 희곡 『로숨의 유니버설 로봇』에 처음으로 사용됐다. 작품에 등장하는 인간형 인공 생명체의 이름인 로봇은 강제 노동을 의미하는 체코 단어 '로보타'에서 비롯된 것으로, 이야기의 근원에 놓인 질문이 인간과 노동 사이의 관계에 대한 것임을 암시한다.

『로숨의 유니버설 로봇』은 100년 전에 나온 작품임에도 오늘날 로봇 하면 떠올릴 수 있는 거의 모든 이미지의 원형을 제시하고 있는데, 각종 SF 영화가 신명나게 우려먹는 '공장에서 대량 생산된 인조인간이 인간을 공격한다'는 모티프가 특히 그렇다. 이야기 속에서 인간들은 자신들의 노동을 대체하기 위해 로봇을 대량으로 생산하지만 이들은 인간에게 반기를 들고, 결국 건축가 한 명을 뺀 나머지 모든 인간을 말살해버린다. 그 후 세월이 흘러 수명이 다한 로봇들이 건축가한테 몰려가서 수리를 요청하지만 벽돌 만지던 건축가에게 전자제품 수리가 가능할 리 없다. 그렇게 인간과 로봇 모두 꼼짝없이 멸망하게 된 상황에서 건축가는 감정을 느끼는 두 로봇을 발견하며, 그들이 새로운 세계의 아담과 이브가 될 것임을 깨닫는다. '인간을 닮은 기계'에 인간 특유의 감정, 즉 인간성이 결합되어 포스트휴먼이 탄생한 것이다.

『프랑켄슈타인』과 마찬가지로 이 작품은 진지한 성찰의 기회 없이 급격하게 발전한 과학기술이 결국 우리의 숨통을 죄고 말 것이라는 절박한 현실 인식을 바탕에 깔고 있다. 인류를 대체할 포스트휴먼으로서의 로봇은 어디 먼 외계에서 온 것이 아니라 우리 인류의 욕망과 기술로 창조되었다. 만약에 우리와 그들 사이를 구분하는 무언가를 찾아내지 못하거나 혹은 인식할 수 없다면, 인간은 포스트휴먼의 대두 및 스스로의 도태에 관해 입을 열 자격이 없다. 카렐 차페크는 『도롱뇽과의 전쟁』 서문에서 다음과 같이 언급한 바 있다.

"작가의 의무가 아님에도 불구하고, 나는 인간 세계의 위험 상황을 심히 염려해왔다. 나 자신이 인간 문명을 위협하는 요소들을 제거할 수는 없다 해도, 그러한 것들에 관해 생각이라도 해야만 했다."•

과학소설도 당연히 전대에서 누적되어온 정신적, 문화사조적, 수사적 경험들을 활용할 수밖에 없다. 그로부터 얼마나 더 나아가느냐가 관건이다. 빼어난 계승자인 아이작 아시모프는 저 유명한 '로봇공학'이라는 단어를 만들고 그 3원칙을 천명했는데, 다음과 같다.

① 로봇은 인간에게 위해를 가할 수 없으며, 인간이 위험한

• 카렐 차페크, 『도롱뇽과의 전쟁』, 김선형 옮김, 열린책들, 2010, 6쪽

상황에 처했을 때 방관해서도 안 된다.

② 로봇은 ①에 위배되지 않는 한, 인간이 내리는 명령에 복종해야 한다.

③ 로봇은 ①과 ②에 위배되지 않는 한, 자신의 존재를 보호해야 한다.

이상 3원칙은 간결하고 명료하며 그 자체로도 수많은 과학소설의 창작 동기가 되어왔다. 원칙을 천명한 의도는 오해하기 어렵다. '보아하니 머지않아 공생하는 시대가 올 것 같은데, 로봇님들은 우리를 학살하지 말고 부디 잘 봐주세요' 하고 부탁하는 것이다. 인간이 못되게 굴어도 화 좀 내지 마시고.

대체 몇 권을 출간했는지 본인도 모른다 했을 만큼 다작한 아시모프는 대표작 중 하나인 『바이센테니얼 맨』을 통해 '사건 속의 포스트휴먼'이 아니라 '사건으로서의 포스트휴먼'을 다룬다. 논리회로에 문제가 좀 있는 가정부 로봇 앤드류 마틴이 200년에 걸쳐 천천히 인간을 배우고 인간을 소망하고 인간으로서의 권리도 가지면서 인간이 되어간다는 내용의 이 소설은, 불로불사를 포기하면서까지 인간이 되려는 로봇을 통해 '인간이란 무엇인가'라는 유서 깊은 질문을 그야말로 독자의 인내심이 한계에 이를 때까지 되풀이한다.

따져보면 '인간을 소망하는 비인간'은 서사문학에서 드물지 않은 소재다. 인어공주도 그렇고 피노키오도 그러며 반만 년 전 한반도에 살았던 곰 한 마리 또한 인간이 되고 싶은 욕심에 쑥과 마늘로 골탕 먹은 바 있다. 그 자리에 기계가 들어섰을 뿐이다. 중요한 차이는, 생선 여인이나 목각 소년이나 미련 곰탱이와 달리 기계는 은유가 아니라 그야말로 코앞에 놓인 현실이라는 점이다. 마음의 준비를 할 시간이 얼마나 남았는지 우리는 정확히 알 수 없다. 거의 남아 있지 않다는 건 분명하다. 어쩌면 이미 늦었는지도 모른다.

만약에 우리가 어떤 존재를 가리켜 포스트휴먼이라 칭한다면, 이는 그들이 우리와 구별된다는 뜻이다. 따라서 그들의 존재는 곧 우리를 정의하고 측량한다. 다시 말해 포스트휴먼에 관한 모든 논의는 언제나 오늘의 휴먼을 가늠한다. 인간이란 무엇인가. 무엇이 인간을 인간답게 만드는가. 인간에게 무엇을 빼앗아 가면 더 이상 인간이 아닌가.

우리는 왜 그토록 인간이려 하는가.

매 순간의 온기

만화 읽기를 청소년 일탈의 징조로 보던 시기가 있었다. 과거의 일이고, 지금은 그렇지 않다. 이를테면 고우영이나 이원복이 그려낸 만화는 제도권 교육 현장의 그 어떤 교과서보다 동서양사에 관해 다양한 지식과 품격 있는 정보를 전달해준다. 대중성 측면에서도 오늘날의 만화는 19세기 리얼리즘 소설이 당대 유럽에 끼쳤던 것만큼 지대한 영향력을 행사하고 있다. 현재 만화는 영화의 압도적인 권능과 경쟁할 만한 대표적인 매체로 간주되며, 이는 매우 합당한 평가다.

홍승우의 『비빔툰』은 만화 장르의 그러한 성공이 어디에서 온 건지 절묘하게 보여주고 있다. 대상으로는 아이들의 시각을 그리다 주부의 고된 하루를 말하고 직장인의 애환을 암시한다. 형식으로는 성속의 경계를 넘나들고 드러냄과 드러내지 않음을 뒤바꾸며 현실과 비현실을 두루 아우른다. 내용으로는 가족, 육아, 사회, 성性, 외로움 등 삶의 세세한 국면들을 사각의 틀 안에 부드럽게 비벼놓는다. 한 꼭지 예외 없이 우리의 일상임에도 전혀 빤하게 느껴지지 않는 이유는 지은이의 진솔한 체험과 성실한 관찰이 독창적이고 영리한 구상력에 힘입어 이른바 '낯설게 하기'를 구현해냈기 때문이다.

뜨거운 바닥에 등을 지지는 행복도 필요하지만 우리가 진심으로 목말라 하는 건 매 순간의 적절한 온기다. 그리고 그러한 따뜻함은 대책 없이 꽃 피고 새 우는 저급한 낙관에서 튀어나오지 않는다. 독자를 계몽하려는 설익은 의욕이나 문제를 잠시 감춰버리는 공허한 염불도 좋지 않은 선택이다. 그보다는 예컨대 어디서 술을 한잔 걸치고 돌아온 남편이 다짜고짜 아내의 치마폭에 엎어져 엉엉 우는 모습과 말없이 그 뒤통수를 보듬는 아내의 가라앉은 눈빛에서 비롯될 경우가 더 많다. 이렇듯 『비빔툰』의 서사전략은 '당신과 내가 같다'는 전제하에 폭넓은 공감의 미소를 추구한다.

모든 서사매체는 창작자 개인의 감성을 형상화하는 동시에 그가 사는 시대상을 반영한다. 『비빔툰』은 지금 이곳에 사는 우리들의 이야기다. 먼 훗날 이 책을 읽게 될 지구인이라면 21세기 초엽 한국 서민들의 삶이 어떠했는지 능히 짐작하고도 남을 것이다.